DE L'ESPOIR
ET AUTRES
CRÉATURES AILÉES

Lydia Millet

DE L'ESPOIR ET AUTRES CRÉATURES AILÉES

Traduit de l'anglais (États-Unis)
par Caroline Bouet

LES ESCALES

L'autrice tient à remercier Jenny Offill, Saralaine Millet et Kate Bernheimer pour leurs suggestions éditoriales, ainsi que tous les gens chez Norton qui ont permis de réaliser ce livre et de le proposer aux lecteurs : Tom Mayer, Elizabeth Riley, Amy Robbins, Anna Oler, Don Rifkin, Rebecca Homiski, Nneoma Amadi-obi, Ingsu Liu et Steve Colca.

De l'espoir et autres créatures ailées est une œuvre de fiction. Les noms, personnages, lieux et incidents de ce roman sont le produit de l'imagination de l'autrice ou employés fictivement. Toute ressemblance avec des événements réels, lieux ou personnes vivantes ou mortes est purement fortuite.

Titre original : *Dinosaurs*
Première publication par W. W. Norton & Company, New York

Édition française publiée par :
© Éditions Les Escales, un département d'Édi8, 2023
92, avenue de France
75013 Paris – France
Courriel : contact@lesescales.fr

ISBN 978-2-36569-743-9
Dépôt légal : mars 2023
Imprimé en France

Couverture : Hokus Pokus Créations
Mise en pages : Nord Compo

Deuil

Lorsqu'il décida de quitter New York, il choisit l'Arizona en raison d'images capturées par un drone qu'il avait vues. Le drone slalomait dans les canyons des contreforts de montagnes rouges, au-dessus de buissons vert sauge et de cactus imposants qui écartaient les bras. Prenait ensuite de la hauteur, vers les forêts de pins ponderosa.

« Îles dans le ciel » – voilà comment étaient surnommées ces montagnes dans le désert.

Gil avait pleinement conscience, en regardant cette vidéo, que lui-même ne planerait jamais au-dessus de ce paysage ondoyant avec cette régularité hypnotique. Qu'il ne descendrait jamais au-dessus des arbres avec l'aisance de l'oiseau de métal – ne s'approcherait jamais assez pour voir les amas d'aiguilles vertes sur les branches des pins pencher et osciller au gré du vent.

Il avait également conscience que la musique chorale qui accompagnait la séquence était un artifice. Cela n'était inclus dans aucun paysage.

Pourtant, il fut captivé. Le désert avait une beauté étrangère – difficile de trouver plus différent en Amérique, hormis en Alaska et à Hawaï. Le contraire de Manhattan.

Il reconnaissait ce schéma. Il allait dans de nouveaux endroits parce qu'ils n'étaient pas les mêmes que les anciens.

Mais il voulait sentir la distance dans ses os et dans sa peau, sentir le sol sous ses pieds. Pas monter dans un avion et atterrir cinq heures plus tard après un whiskey et une sieste.

Et il ne voulait pas conduire non plus, avec la vitesse et la commodité que vous offrent les voitures.

Il ne cherchait pas la facilité. Il n'avait nulle part où aller et personne n'avait besoin de lui.

Sur les sites de randonnée, il se renseigna sur ce qu'il devait emporter, sur le poids du matériel de camping, de l'eau et de la nourriture. Il traça méticuleusement son itinéraire, étalant des cartes en papier sur sa table de cuisine, vérifiant chaque segment qu'il compara aux données locales de Google. L'itinéraire filait droit vers le sud à cause du froid qui ne tarderait pas à s'abattre, puis à l'ouest toute, en longeant le bas du pays, de la Géorgie à la Louisiane, avant de traverser le Texas et le Nouveau-Mexique.

Pas beaucoup plus long que le sentier des Appalaches. Que les gens parcouraient, de bout en bout, chaque année. Mais plus difficile à plusieurs égards, car les artères d'asphalte de la nation n'étaient pas prévues pour les pieds.

Ensuite il avait vendu son loft new-yorkais situé dans le Flatiron District. Avait acheté une maison à Phoenix sans même la voir hormis via des visites virtuelles et des photos à l'éclairage artistique soigneusement sélectionnées. Avait fait ses cartons et demandé à des déménageurs de les acheminer là-bas.

La longue marche dura pratiquement cinq mois. Il se reposait chaque fois que ses jambes ou son dos le faisaient souffrir – une douleur qui s'atténua au bout des deux premières semaines – et séjournait dans des motels quand il en trouvait. Plus il allait vers l'ouest, plus la distance d'un motel à l'autre était importante. Au Texas, même à un rythme de quarante kilomètres par jour, il pouvait s'écouler quatre jours entre deux stations-service. Et plus d'une semaine entre deux motels. Il devait alors transporter beaucoup plus d'eau. La rationner scrupuleusement.

Outre le poids de l'eau et le froid, l'accès aux toilettes et aux douches était son problème le plus sérieux. Il puait lorsqu'il devait camper trop longtemps dans la nature – il le savait rationnellement, même s'il était pratiquement immunisé contre sa propre odeur – et parfois un employé de la réception le prenait de haut. À première vue, il avait la mise et l'odeur d'un sans-abri.

Mais sa carte de crédit passait et il pouvait bien se laver.

Pendant sa marche, le temps passait si lentement qu'il cessa de le mesurer. Sa monotonie pouvait se révéler implacable.

D'autres fois, cette lenteur s'apparentait à de la grâce.

Dans ces moments-là, il se retournait sur les jours et les heures mesurés de sa vie en ville – ses boîtes et ses rangées, ses compartiments ordonnés – et en venait à croire que c'était cette version-là du temps qui était fausse.

Une forme de quadrillage conçu, comme l'était la ville elle-même, dans le but de garder tout le monde à la place qui lui était assignée.

Pendant des semaines après qu'il eut emménagé dans sa nouvelle maison, celle tout en verre juste à côté était toujours en vente. Poussé par la curiosité, il avait fait une pause dans l'agencement de ses meubles pour prendre part à une visite groupée.

C'était un chef-d'œuvre moderne du milieu du siècle dernier, avait fanfaronné l'agent immobilier.

Même si, techniquement, elle avait été construite dans les années 1990.

De chez lui, on voyait presque tout l'intérieur, exception faite des chambres et des salles de bains. Il s'agissait d'un plateau sans cloisons : entrée, séjour, salle à manger et cuisine. Le mur qui se trouvait face à sa maison était une longue étendue de verre.

De l'autre côté, dans les chambres, il y avait des fenêtres panoramiques standards. Il était le seul voisin à avoir vue sur la scène derrière la paroi vitrée.

Il s'était demandé qui choisirait de vivre là. En vitrine.

Mais il n'avait pas encore eu le temps de s'habituer à l'air et au silence de sa maison – plus ancienne que celle en verre, et dont les pièces étaient si spacieuses et les plafonds si hauts que dans sa tête, il la voyait comme un château – quand une famille de quatre personnes y élut domicile.

Un mari, une femme, une fille et un garçon.

Il vivait seul. Aussi était-il difficile de ne pas les regarder. Au début, ils lui faisaient l'effet d'un groupe de mannequins dans la vitrine d'un grand magasin haut de gamme.

Bloomingdale's, par exemple. Ou Saks.

Peut-être la vie privée avait-elle moins d'importance aux yeux de cette famille, pensa-t-il, que ce que l'on pouvait voir de l'intérieur de la maison. Le mur de verre était équipé d'écrans actionnés par des télécommandes – l'agent immobilier lui avait montré leur mouvement discret – qui descendaient pour maintenir la chaleur à l'extérieur et protéger la maison de l'été désertique. À la fin d'une chaude journée, vous pouviez, si vous le souhaitiez, appuyer sur un bouton et remonter les écrans.

De la sorte, on pouvait regarder le soleil se lever le matin. Et le soir, depuis les fenêtres dans les chambres orientées à l'ouest, on pouvait regarder le soleil se coucher.

La nuit, les lumières à l'intérieur transformaient la maison de verre en un théâtre encore plus éclatant, ses couleurs et ses silhouettes se découpaient vivement dans l'obscurité environnante.

Les parents étaient légèrement plus jeunes que lui, devina-t-il. Fin de la trentaine ou début de la quarantaine, probablement. La femme était blonde, et quand elle sortait, elle était coiffée d'un chignon haut qu'elle défaisait d'une main experte derrière sa nuque lorsqu'elle revenait. L'homme était grand et avait des traits ciselés, une mèche de cheveux noirs sur son front haut, la peau couleur olive.

Le petit garçon était son père en miniature, et l'adolescente ressemblait à sa mère blonde.

Un après-midi, il remarqua que la mère s'affairait dans la cuisine – c'était une journée nuageuse et les écrans avaient été levés. Lorsqu'il était assis pour lire un livre dans son fauteuil préféré et levait le nez de sa page, il pouvait jeter un coup d'œil entre les rideaux de la fenêtre à côté de lui et voir l'intégralité du plateau ouvert.

Distraitement, il la regarda tirer sur l'extrémité d'un rouleau de papier aluminium, détacher nettement une feuille. Elle recouvrit quelque chose avec, puis fit signe aux enfants – au garçon, qui assemblait des Lego sur la table de la salle à manger, et à la fille, qui se leva d'un canapé placé en face de la télévision.

Tous trois sortirent par la porte d'entrée, l'épouse avec son plat emballé dans de l'aluminium, les enfants à la traîne.

Ils rejoignirent le trottoir et se dirigèrent vers le jardin à l'avant de sa maison. Puis remontèrent le chemin devant chez lui.

Pendant une seconde, il se sentit pris au piège. Pas prêt pour une rencontre.

Il baissa les yeux vers ses pieds : l'une de ses chaussettes était trouée au niveau du gros orteil.

Mais ils devaient savoir qu'il était à la maison – sa voiture était garée dans l'allée. Si sa voiture était là, il était là. Phoenix était faite pour les voitures, comme Los Angeles. On pouvait à peine se déplacer sans elles.

Acheter une voiture avait été sa première action quand il était arrivé. À New York, il n'avait jamais eu besoin d'en posséder une.

Ils sonnèrent, alors il enfila ses chaussures et se dirigea vers l'entrée. Sur l'écran de la console de sécurité, il les vit – la femme qui lui souriait, les crânes des enfants derrière elle, indistincts.

Zut, pensa-t-il, et il sentit son pouls s'accélérer. Inquiétude, mais aussi une pointe de réjouissance : ces derniers jours avaient été une séquence monotone.

Et il ouvrit la porte.

L'épouse, qui était encore plus élégante de près, dit ce que les voisins sympathiques disent dans les séries télévisées des années 1950.

C'était une tarte à la pêche. Elle espérait qu'elle lui plairait – elle était une piètre cuisinière, mais en pâtisserie, il suffisait de suivre les recettes.

Et puis sa fille l'avait aidée. Elle aimait bien confectionner des desserts.

Elle s'appelait Ardis. Les enfants s'appelaient Clem et Tom.

Gil donna son nom et, avec raideur, serra des mains autour de lui en se penchant pour atteindre les enfants.

Ils étaient mal à l'aise. Pas habitués aux poignées de main. Cela n'existait pas, réalisa-t-il, chez les gamins.

Peut-être n'était-on pas censé leur serrer la main de nos jours.

Ensuite, il accepta la tarte. Dit merci et resta planté là en tenant le dessert. Un homme qui avait reçu une offrande.

Était-il tenu de les inviter à entrer ? Il pensait que non. Les enfants n'auraient pas envie de traîner chez lui.

— Nous n'allons pas vous retenir, dit Ardis.

Il était censé exprimer une protestation, d'après les bonnes manières. Mais ses lèvres ne bougèrent pas.

— Merci encore, dit-il enfin. Ça a l'air délicieux. C'est très gentil. Cela aurait dû être l'inverse : j'aurais dû y penser moi. Vous apporter des fleurs ou autre. Je ne suis pas encore familier du quartier. Je suis arrivé ici récemment aussi.

— Pas du tout ! Honnêtement. Nous avions besoin d'un projet pour nous occuper.

— Eh bien. Je vous en suis reconnaissant.

Un autre que lui aurait posé des questions. Dès qu'ils seraient partis, elles lui viendraient à l'esprit.

Pour l'heure, il séchait. Il était un cerf ébloui par la lumière des phares.

— Votre maison est charmante, s'aventura-t-il.

— Oh ! Oui. La vôtre aussi.

À présent, c'était un fait établi : eux et lui avaient des maisons charmantes. Qu'ils avaient acquises avec de l'argent.

Les enfants tournèrent les talons pour partir, et il tendit le bras afin de poser la tarte sur un rebord. Et de pouvoir fermer la porte.

Ardis commença à suivre ses enfants, avant de pivoter et de le regarder. Elle sourit avec un nouvel entrain.

Comme si après avoir procédé à l'échange de banalités, elle était lâchée dans le réel.

— Quand nous avons décidé d'acheter cette maison, parce que bon, je suis tombée sous le charme des lieux, je me suis quand même vraiment inquiétée. À cause du mur de verre. J'ai pensé, ouah, je ne sais pas qui habitera à côté, mais cette personne aura un aquarium sous les yeux. Avant, la vitre était teintée, pour que ça ne marche que dans un sens. Sauf qu'au fil des ans, le film s'est estompé, je crois. C'est une entreprise spécialisée qui reteinte, et ils ont une longue liste d'attente. J'ignorais que celle-ci était aussi longue, au début. Et avec les écrans, au bout d'un moment, je me sens claustrophobe. Alors je voulais juste dire pour l'instant que j'espère que cela ne vous embête pas trop. Notre bocal façon téléréalité. Là-bas.

Il eut du mal à trouver les mots justes.

— Oui, je... J'essaie de ne pas regarder. Exprès. Mais c'est, euh... le paysage qu'il y a. Je me contente de regarder dehors. Et puis ensuite, j'ai l'impression d'être un voyeur vicelard.

Derrière sa mère, Tom leva les yeux. Interloqué.

— Oh... désolé. C'est juste une image.

Il eut envie de se frapper. D'emblée, il introduisait la notion de pervers.

Sympa. Venant du voisin célibataire.

— Bien sûr, n'importe qui ferait pareil, le rassura Ardis.

Elle hochait la tête pour lui signifier qu'elle comprenait.

— N'importe qui aurait la même impression, continua-t-elle.

— L'année dernière, quand j'ai acheté cette maison, j'habitais dans l'est du pays. Je l'ai trouvée sur Internet. Je ne l'avais jamais visitée. J'ai regardé la vue satellite. Mais je n'ai pas vraiment regardé les maisons autour.

— Vous ne vous doutiez pas du tout que vous alliez devoir être un voyeur.

Mais elle souriait de nouveau. Sincère.

— Eh bien, je vais essayer de ne pas en être un.

Il se sentait penaud.

— Laissez tomber !

Ardis leva les mains en l'air.

— Ce n'est pas de votre faute. Vous devriez regarder où bon vous semble. Poser vos yeux n'importe où ! Quand vous êtes dans votre maison. Vous devez être libre !

Elle avait une certaine exubérance.

Comme si tout était possible. Et qu'elle n'avait rien à cacher.

Dans sa vie d'avant, avant de quitter New York, il n'avait pas remarqué les oiseaux. Il les avait envisagés comme on pourrait penser aux papillons et aux fleurs – des impressions passagères d'une vie ailleurs. Il se représentait les espèces tropicales. Un foisonnement de couleurs.

Mais ici, la plupart d'entre eux étaient marron ou gris. Ceux qui étaient communs sur les terres du château en tout cas. Ils sautillaient et picoraient. Exception faite d'une tourterelle grise qui ne sautillait pas. Elle avançait lentement, d'une démarche comique – oscillait d'un côté puis de l'autre, en écartant un peu ses pattes rouges. Son poitrail était gonflé. Dodu. Chargé à l'avant.

Il découvrit qu'elle se bâtissait un nid. Au-dessus d'une porte coulissante qui ouvrait sur la terrasse à l'arrière de sa maison, sur un luminaire. Des brindilles et des petits morceaux de papier. Il retira l'ampoule parce qu'il y avait un détecteur de mouvement, comme pour toutes les lumières extérieures du château. Il avait peur que le nid ne s'enflamme.

Un employé de l'entreprise de vidéosurveillance vint contrôler l'installation. Le nid était là depuis une semaine peut-être, et l'oiseau gris était assis dessus.

Le type fit le tour de la propriété, vérifia les capteurs. Remplaça une batterie de secours. Gil le suivait, l'observait. Il le vit remarquer le nid.

— Je vous l'enlève ?

— Non !

— C'est juste une tourterelle triste, dit l'homme. Elle en construira un autre ailleurs en moins de deux. Y en a chez moi aussi. Elles font leurs nids au-dessus des portes. Et là où il y a beaucoup de passage. Elles s'envolent tout agitées en vous flanquant une sacrée frousse. Ma femme hurle. À tous les coups.

— Non, mais merci quand même, répéta Gil.

— Sans la lumière, pourtant, votre visibilité sera compromise.

— Ce n'est pas grave.

Le mari n'était pas autant à la maison que les autres. Il semblait travailler le dimanche en plus de la semaine, bien que moins longtemps ce jour-là. Il sortait en veste et cravate après le déjeuner, et revenait pour le dîner.

Leurs jardins respectifs étaient séparés par une clôture et deux haies. De cette façon, si l'un des voisins décidait d'abattre la haie de son côté, l'autre ferait toujours office de barrière. Mais le château était bâti sur deux étages et se trouvait sur une petite colline en pente, tandis que la maison de verre était de plain-pied, alors Gil pouvait voir par-dessus les haies.

Son jardin était d'inspiration désertique, avec des massifs de cactus et des pierres dans le sable. La maison de verre avait un seul arbre, grand et vieux, et une vaste étendue d'herbe sur laquelle Tom aimait jouer.

Le garçon ne parvenait jamais à convaincre sa sœur de venir jouer avec lui. À travers la vitre, Gil le voyait l'implorer avant de sortir, mais elle secouait la tête et retournait à son téléphone.

Alors il allait dehors tout seul, souvent équipé d'un attirail de protection : d'épais protège-tibias et protège-avant-bras. Même s'il n'avait aucun adversaire.

Sur la pelouse, il bondissait et donnait des coups de pied en tailladant l'air comme un fou en criant *Ha-ya !* Et *Hi-yi !*

Un adepte d'arts martiaux.

Autodidacte, soupçonna fortement Gil.

Coup de pied tornade ! Ha-ya !

Après quelques jours à ce régime, le mari émergea en pyjama dans le jardin un matin et suspendit un sac de frappe à l'arbre. Tom le suivit, le regarda accrocher le sac en hauteur. Avant de lui asséner une série de coups infernaux.

Son dernier fut un coup de pied sauvage et féroce. Le garçon tomba maladroitement.

Gil rit. Non par méchanceté, mais de joie.

Depuis combien de temps n'avait-il pas ri tout haut ? Il ne s'en souvenait pas. La nuit, il regardait des émissions politiques humoristiques, mais celles-ci lui arrachaient à peine un sourire.

Tom retourna dans la maison avec son père en boitant. Son boitement était théâtralement exagéré.

Tantôt c'était plutôt une jambe, tantôt l'autre. Il avait encore du mal à choisir entre les deux.

Les étés étaient tellement chauds dans le désert que la plupart des résidents n'allaient pas beaucoup dehors. C'était vrai pour Ardis et son mari, et aussi pour Clem. Mais pas pour Tom.

— C'est surhumain. Les petits. Et la température. Il sent à peine la chaleur, dit Ardis.

Ils s'étaient retrouvés sur le trottoir tandis qu'ils ouvraient leurs boîtes aux lettres. Même dans ce quartier où il n'y avait pas de délits graves, la plupart étaient dotées de serrures.

Une question de principe, manifestement.

Ce n'était pas un quartier résidentiel fermé, mais on aurait pu le croire.

— Je le vois souvent dehors tout seul, fit remarquer Gil.

— Il n'a pas encore commencé l'école ici. Alors il n'a pas d'amis.

Gil hocha la tête.

— Et il a dit non au centre aéré. Parce qu'il n'a pas non plus d'amis là-bas.

— Je connais ça.

Lui-même n'avait que deux amis. À peu près. Tous les deux restés dans l'est du pays. Vic et Van Alsten.

Mariés et occupés.

Plus Rajiv, qui avait été son meilleur ami à la fac. Mais lorsqu'il s'était fiancé, il avait déménagé en Inde pour se rapprocher de la famille de sa femme.

Les autres s'étaient lentement éloignés.

— Je ne sais pas quoi faire de Tom, avoua Ardis. Il reste encore deux mois avant la rentrée ! Nous limitons le temps d'écran des enfants. Il lit beaucoup, mais il finit par avoir la bougeotte.

Son visage avait une ossature fine, à la fois délicate et racée. Elle portait de grandes lunettes de soleil glamour.

— Je dois vous rendre votre plat à tarte.

— Est-ce que vous l'avez mangée, cette tarte ? demanda Ardis. Vous pouvez l'avouer, si vous n'avez pas réussi à la finir. Je ne me vexerai pas. Oh ! J'espère que vous n'êtes pas sans gluten ? J'aurais dû vérifier avant. Tout le monde est sans gluten de nos jours.

— Nan. Vieille garde, je lutte contre la tendance. J'accueille le gluten. C'était très bon. Je ne suis pas vegan non plus. Il y avait du fromage à tartiner dans la préparation ?

— De la crème aigre.

— J'avoue. Je l'ai mangée en deux fois.

— Vous devriez venir à la maison !

Soudain enthousiaste. Saisie par une idée parfaite.

— Pour jouer au base-ball avec Tom par exemple. Ça vous embêterait ? Même dix minutes de votre temps seraient une bénédiction. Il s'ennuie tellement qu'il me suit partout dans la maison. Où que j'aille. Comme un chien. Ça me rend folle.

Il hésita. Et si cette activité n'intéressait pas du tout Tom ? Qu'il se mettait à geindre – Est-ce que je suis *obligé* ? – quand elle lui dirait. Jouer à la balle avec un type que je ne connais même pas ?

Il ne pourrait pas en vouloir au gamin. Pas le moins du monde.

— Croyez-moi, s'empressa-t-elle d'ajouter.

Elle lisait dans ses pensées.

— Il est désespéré. À tel point qu'il jouerait à la balle avec un tas de briques. Sans vouloir vous vexer. Mais vous n'auriez même pas à lui parler.

Il retourna dans sa maison et alla chercher le plat, nerveux. Était-il propre ? Restait-il un bout de pâte collé ? Il le gratta avec un ongle.

Non. Le verre était simplement ébréché.

Il chaussa ses lunettes de soleil à son tour. Pourquoi avoir dit qu'il viendrait maintenant ? Il aurait pu attendre plus tard.

Dehors, la chaleur était suffocante. Certainement plus de 40 °C.

Mais il y avait quelque chose chez Ardis. Un élan – on ne pouvait pas lui dire non. Il était plus simple de ne pas le faire.

Tom leur ouvrit et Gil le suivit dans le salon et la salle à manger.

Il posa le plat sur l'îlot de cuisine. Ardis émergea d'un endroit au centre de la maison.

— Je vais prendre une douche rapide. Clem lit dans sa chambre. Pourquoi ne pas faire un peu d'exercice, Tom ? Gil a proposé de jouer au base-ball avec toi. Tu as mis de la crème solaire ?

— Je déteste la crème solaire, annonça Tom.

— Mmh-mmh. Tu en as mis quand même ?

Tom hocha la tête tout en la secouant.

— Allez ! dit-il à Gil. J'ai une batte. J'ai des tas de balles. Mais je n'ai pas de machine à lancer des balles.

— Eh bien. Euh. Personne n'a de machine à lancer des balles.

— Un copain à moi, si ! Donny. À Denver. On habitait là-bas avant. Une Lobster Elite Grand Four.

— Oh ! Ouah. Une Lobster.

Ils sortirent sur la terrasse à l'arrière de la maison, descendirent les marches. Tom ouvrit d'un grand coup une boîte qui se trouvait à côté de l'escalier. En sortit une batte en plastique et un seau de balles légères, en plastique également.

— Je suis obligé de jouer avec ces balles-là. Une fois, quand on jouait avec des vraies balles, Donny s'en est pris une. Dans la figure.

— Aïe.

— Ce n'était pas moi. C'était une fille qui s'appelait Rebel et qui était grosse.

— Ah, grosse.

— Et vraiment forte. Elle ne l'a pas fait exprès, mais Donny a été touché en plein dans les yeux. Une ambulance est même venue.

— Il a dû avoir mal.

— Mais il n'est pas devenu aveugle.

— Il a eu de la chance.

— Il a porté un bandeau. Alors ensuite, ses parents lui ont acheté la Lobster.

— Tout est bien qui finit bien.

— Tu lances bien ? Moi je lance pas bien.

— Je ne saurais pas te répondre. Je suis trop modeste.

— Je préfère frapper.

Donc Gil lança et Tom frappa. Et rata. De nombreuses fois.

Le soleil tapait.

— Est-ce que tu crois que je pourrais avoir un verre d'eau ? finit-il par demander à Tom.

Il pouvait rentrer chez lui pour aller boire, mais cela donnerait peut-être l'impression qu'il essayait d'écourter le jeu.

— Oh. L'eau est dans la cuisine.

Si Gil y allait seul, peut-être Ardis émergerait-elle de la douche.

Un risque d'intimité. Inconvenant.

— Allons-y ensemble. Tu pourras me montrer où c'est.

Tom lâcha sa batte à contrecœur.

Mais une fois dans la cuisine, il se révéla embarrassé.

— L'eau vient du frigo, dit Tom avant de pointer le doigt vers le distributeur.

— Un verre ?

— Je ne sais pas où ils sont !

Il paraissait légèrement paniqué.

— C'est toujours elle qui les prend !

Les gamins d'aujourd'hui, aurait dit Van Alsten en secouant la tête.

Van Alsten ne supportait pas les enfants d'aujourd'hui. Même les siens, il les tolérait à peine.

Ou en tout cas le prétendait-il.

— Je vais regarder ici. Dans le placard.

Il ouvrit la porte d'un placard avec hésitation. Il ne voulait pas dépasser les bornes. Mais il était tellement assoiffé qu'il était au bord du désespoir.

— Hé, les gars, dit Ardis en entrant à pas feutrés, pieds nus.

Sans surprise : en peignoir. Épais et blanc, en éponge. Une serviette autour des cheveux. Immaculée. Aucun adulte ne devrait avoir une peau à ce point dénuée de défauts.

— Pardon. Je cherchais un verre. Soif.

— Je vais vous en donner un, proposa-t-elle en souriant.

Tandis que, debout, il buvait, il la regardait par-dessus son verre. Toujours en train de sourire. Une sœur de la miséricorde.

— Vous me faites vraiment bonne impression, lui confia-t-elle quand il eut descendu son verre.

La chose la plus gentille qu'une femme lui ait dite depuis des années.

Il fallait qu'il rencontre le mari, décréta-t-il.

Il n'avait pas de vues sur Ardis. Mais tout de même.

Le soir même, le mari se présenta à sa porte. Gil se le figura en train de penser : ce type est venu chez moi. Je ferais mieux de me renseigner à son sujet.

De près, il ressemblait à ce personnage d'espion débonnaire dans une série télé d'animation pour adultes dont le nom échappait à Gil. La mèche de cheveux noirs qui lui balayait le front.

Mais le personnage d'espion, bien que d'une beauté de dessin animé, était un connard horripilant. Ce qui n'était pas le cas du mari.

— Je pourrais vous demander de me prêter un outil, dit-il avant même de se présenter.

— Vous pourriez. Mais je n'en possède pas beaucoup.

— Je ne saurais pas quoi en faire de toute façon. Une scie circulaire, ça existe. Pas vrai ?

— Je crois.

— Une scie à métaux ? Une ponceuse à courroie ?

— Ça existe aussi.

— Oui mais. Je ne saurais pas reconnaître une ponceuse à courroie même si elle entrait chez moi et me demandait un bourbon. Je voulais juste briser la glace. Il paraît que vous aussi, vous venez d'arriver dans le coin.

— En effet. Je m'appelle Gil.

— Moi, c'est Ted. Ne m'en tenez pas rigueur. C'est la faute de mes parents. Des immigrés. Venus d'Iran. Perses. Ils voulaient s'intégrer. Ce n'est même pas Theodore, diminutif Ted. Juste, littéralement, Ted. Sur mon certificat de naissance. Peut-être qu'ils se sont dit qu'en me donnant ce prénom je jouerais au tennis une fois adulte. Que je porterais des vêtements blancs de tennis. C'est ce qu'on attend d'un mec américain prénommé Ted.

— Ted, ça fait country-club, c'est sûr.

— Pourtant, je n'ai jamais appris à jouer au tennis. Ni au golf. Clairement décevant.

Ils se serrèrent la main.

Il invita Ted à entrer. À cause de la référence qu'il avait faite au bourbon. Son endroit préféré de la maison était le bar. En forme de J contre le mur, construit à une époque où les bars dans les salons passaient nickel. Des signes extérieurs de richesse. Plutôt que des signes d'alcoolisme.

Il était doté de portes vitrées, et la partie en bois était constituée d'un seul panneau qui s'incurvait graduellement.

— Sympa, dit Ted.

Il était assis sur un tabouret de bar. Le siège était pivotant, alors Ted pivota.

Gil aimait bien sa façon de pivoter sur le tabouret. Sans complexes. Comme le ferait un enfant.

Gil alla derrière le comptoir. Jouer les barmans masquait son anxiété sociale.

Un jour, cela avait été son métier, dans un bar gay de Chelsea, peu après avoir quitté Boston pour New York, et à vrai dire, il avait adoré ce travail. Mais il avait fini par démissionner, par culpabilité. À force de voir des gens déposer leur CV et être rejetés. Un autre type avait *besoin* de ce salaire.

Voilà un problème qu'il avait rencontré avec tous les postes depuis qu'il avait découvert qu'il était riche. D'autres que lui en avaient vraiment besoin.

Barman avait été le seul travail rémunéré qu'il ait jamais eu.

Ted parla de son travail, en lien avec le financement de projets d'infrastructures. Dans d'autres pays, essentiellement en Asie. Ils avaient emménagé ici à cause de sa promotion récente. Ardis pouvait exercer son métier n'importe où, même si cette décision avait été difficile. Elle n'avait pas voulu abandonner ses patients. Mais elle avait du talent, et il y avait une importante demande. La plupart de ses anciens patients avaient choisi de rester avec elle, de toute façon. En faisant des séances vidéo ou téléphoniques.

Elle était psychothérapeute, expliqua-t-il.

Elle ne l'avait pas encore dit à Gil, mais celui-ci n'était pas étonné. Elle était naturellement douée pour la conversation. Se fiait à ses instincts.

Peut-être que la sympathie qu'elle avait manifestée à son égard était une déformation professionnelle – qu'elle reconnaissait en lui une personne qui n'avait jamais fait de thérapie mais en avait désespérément besoin.

D'un autre côté, peut-être qu'on lui sortait ça tout le temps. Peut-être qu'un thérapeute était soupçonné d'être professionnel dans chacun de ses actes de gentillesse personnelle.

Pour un type aux airs de star de cinéma, Ted était étonnamment humble. Et sympathique. Il n'éprouvait pas le besoin de monopoliser l'attention.

Plus Gil vieillissait, plus il remarquait que les gens parlaient d'eux-mêmes. À l'exclusion de tout autre sujet. C'était la norme de la discussion. Comme si l'ego était le seul sujet officiellement autorisé.

Ce n'était pas le cas de Ted. Il essaya de faire parler Gil sans pour autant se montrer insistant. Les seules choses que Gil révéla sur lui-même furent : Je ne travaille pas pour subvenir à mes besoins. J'ai été bénévole quand j'habitais dans l'est du pays. Plus ou moins à temps plein. Mais pas ici. Pas encore.

Et une seule remarque au sujet du mariage. Non, je ne me suis jamais marié, répondit-il, quand Ted lui demanda s'il était divorcé.

Pardon pour la question, mais tous ses amis étaient divorcés, expliqua Ted. On avait presque l'impression d'être un paria, en tant que personne non divorcée.

J'ai longtemps été avec quelqu'un, mais nous ne nous sommes jamais mariés, lui expliqua Gil.

Avec tact, Ted changea de sujet.

Ils burent deux verres chacun, et Ted prit congé cordialement.

Le temps que les deux petits de la tourterelle triste quittent le nid, ils lui ressemblaient en tout point – seulement un brin moins grands. Il avait du mal à distinguer les jeunes de leur mère.

Au cours de l'été, il devint l'ombre de Tom – moitié baby-sitter, moitié ami. Ardis était parfois dans le décor, mais pas toujours. Elle avait quelques séances par téléphone ou dans son nouveau cabinet. De plus en plus au fil des semaines. Elle se faisait de nouveaux patients.

Elle semblait croire qu'il était une bonne compagnie pour Tom. Célibataire, certes, mais pas une menace.

Sa confiance lui faisait plaisir. Ardis n'était qu'invitation – ouverture.

Il s'interrogea à ce propos. Puis pensa avoir trouvé une explication : elle était une personne qui n'avait jamais été blessée.

Il y avait les lancers et les frappes, et les coussins noirs qu'il tenait pour que Tom donne des coups de poing et de pied dedans. Gil essaya de varier les plaisirs, apporta une vieille panoplie de croquet et des raquettes de badminton. Tom plissa le front en voyant ces antiquités, mais se laissa ensuite convaincre.

Lorsque la chaleur devenait trop intense, Gil les faisait migrer à l'intérieur et ils passaient aux jeux de société.

Clem avait tendance à se replier dans sa chambre lorsqu'ils entraient dans la maison. Elle avait quatre ans de plus que son frère – presque quinze ans, disait-elle –, et les amis qu'elle avait dû laisser derrière elle lui manquaient. Elle passait beaucoup de temps scotchée à son téléphone, leur envoyant des messages, regardant leurs selfies avec des filtres d'oreilles de chiens et de chats. Elle se montrait polie envers Gil, mais impersonnelle.

Clem était le diminutif de Clementine, lui apprit-elle, sauf que ça faisait trop penser au fruit.

À deux occasions, elle se joignit à eux pour un jeu de société. Cependant, malgré de belles prestations, elle ne sembla pas y prendre vraiment plaisir. Tom l'adorait, mais il lui tapait sur les nerfs.

Gil sentait qu'elle lui attribuait au moins le mérite de faire diversion.

Sur la radio satellite dans sa voiture, il y avait une station médicale qu'il écoutait parfois. Doctor Radio, un programme proposé par le centre hospitalier NYU Langone Health. Les animateurs d'une émission psy ouverte aux questions des auditeurs évoquaient le deuil « compliqué ».

Le deuil « persistant », selon une autre appellation.

Ce n'était pas lui, pensa-t-il. N'est-ce pas ?

La mort était la forme de perte sur laquelle l'émission se concentrait.

Certains endeuillés continuaient à regarder des photos pendant des heures chaque jour, parfois trois ou quatre ans après la mort de l'être cher. Un père évoquait le nom ou les goûts de son enfant décédé même dans une discussion on ne peut plus banale. Voire sans qu'il y ait la moindre discussion.

« Il aimait le genre de fromage vendu en tranches », commentait-il, l'air songeur, si on lui passait un plateau de fromages lors d'une réunion amicale. « Américain. Industriel. C'est le seul fromage qu'il mangeait. Je me disais, eh bien, que cela lui passerait avec le temps. Un jour. »

Si quelqu'un demandait à ce père s'il souhaitait qu'on ouvre la fenêtre, il disait : « Il voulait toujours être à proximité d'une fenêtre ouverte. À côté de son lit, quand il était malade, il y avait une fenêtre orientée au nord. Il voulait que les stores soient remontés. En toutes circonstances. Il voulait voir le monde passer. »

Gil ne faisait aucune de ces choses. Sa perte était d'un genre inférieur.

Mais il avait une question. C'était une question à laquelle elle seule pouvait répondre.

Et elle n'y avait jamais répondu.

Caille

À l'arrière de son jardin, il y avait des trous dans la clôture. La propriété était contiguë au lit asséché et sableux d'une rivière qui se trouvait sur un terrain public. Une des raisons pour lesquelles il avait acheté la maison : en banlieue, mais à côté de collines vallonnées parsemées d'une végétation verte et épineuse. De spectaculaires formations de grès qui surgissaient de nulle part.

Ici, en Arizona, on appelait une rivière asséchée un « wash ». Au Nouveau-Mexique, un « arroyo ».

Des buissons poussaient sur les rives tressées de ce wash. Des cactus-raquettes et des chollas. Des arbres clairsemés à l'écorce grise qui fleurissaient en pâles nuages violets.

Il avait noté sur sa liste de tâches de faire réparer sa clôture, mais c'était avant de s'apercevoir que des animaux sauvages passaient à travers les trous pour venir s'abreuver dans son bassin artificiel. Parmi eux, des oiseaux dont la tête était ornée d'un panache noir.

Ces oiseaux avaient un corps rond et étaient très nerveux, s'éparpillaient en battant frénétiquement des ailes lorsqu'il s'approchait d'eux. Quand ils ne partaient pas à toute vitesse en courant gauchement. Leur panache était suspendu au-dessus de leur tête, entre leurs yeux, et tremblait pendant leur fuite.

C'était comme s'ils étaient les destinataires non consentants de ces plumes faciales – comme si ce panache avait atterri à l'avant de leur tête. Et y était resté.

Ces plumes leur donnaient une allure de dandys ridicules.

Ardis avait prévu une semaine de vacances pour la famille en juillet. Ils prenaient l'avion jusqu'à une station près d'Aspen, où il faisait frais et où la brise montagnarde soufflait.

Tom dit qu'il ne voulait pas voyager. Aspen c'était naze. Il y était déjà allé. Plusieurs fois. On l'obligeait à faire les magasins. Surtout pour que Clem puisse s'acheter de nouveaux vêtements ennuyeux. Elle voulait tout le temps des vêtements. La seule chose qui lui plaisait plus que les vêtements, c'était le maquillage. Et les crèmes.

Tu sais quoi, dit-il à Gil. Dans la salle de bains, elle avait onze gloss à lèvres. Elle avait huit machins de mascara. Il n'avait pas le droit d'y toucher. Mais il les avait comptés avec ses yeux.

Des amis à eux avaient une maison à Aspen, qu'Ardis désignait par le terme de « cabane ». Bien que Gil eût du mal à se la représenter comme petite, carrée et faite de rondins.

Le fils de leurs amis avait à peu près l'âge de Tom. On lui promit des toboggans. Et des rivières paresseuses.

Gil accepta de s'occuper de leurs plantes vertes pendant leur absence. Ted dit qu'ils auraient pu faire appel à un service mais n'avaient pas eu le temps d'en choisir un.

De toute façon, confia Ardis, elle était plus tranquille en sachant que Gil surveillait les lieux.

Elle lui fit faire un tour de la maison en lui expliquant la quantité d'eau dont les différentes plantes avaient besoin. Il le nota sur un plan qu'il dessina au crayon à papier.

De petits cercles pour les plantes.

— Tu es tellement organisé, s'écria Ardis avec admiration.

Ted l'avertit que le système de sécurité était équipé de caméras. Lorsqu'ils partiraient, ils allumeraient celles qui se trouvaient à l'intérieur.

— Du coup, évite de te curer le nez ou autre. On pourrait te voir.

— Je ne me cure jamais le nez, dit Gil.

— Jamais ? s'étonna Ted. C'est une sacrée affirmation.

— J'aime penser que c'est vrai.

Pendant l'absence de la famille, Gil ne sut pas trop comment occuper ses journées. Il avait toujours été difficile de trouver la meilleure façon de se rendre utile.

C'était justement au cours de l'une de ses nombreuses tentatives pour se rendre utile qu'il avait rencontré Vic et Van Alsten plus d'une décennie auparavant. Il s'était engagé comme bénévole dans un centre pour familles de réfugiés, en se disant que la barrière de la langue lui épargnerait peut-être les délicatesses de l'interaction. Rendrait les choses plus élémentaires, moins subtiles.

Ils manquaient de personnel, alors il avait pu choisir ses missions. Il consacrait quarante heures hebdomadaires à des tâches administratives, au paiement des factures, à l'optimisation de l'efficacité, au passage de l'archivage papier à l'archivage numérique. Pour cela, il s'était formé à de nouveaux logiciels.

Vic venait deux soirs par semaine pour enseigner l'anglais. Il se consacrait aux réfugiés originaires d'Amérique puisque l'espagnol était sa langue maternelle. Lui et Gil allaient boire une bière ensemble certains soirs après les cours, avant qu'il ne reprenne le train pour rejoindre son appartement familial à Hoboken.

Vic était un homme gentil, un enseignant du public doublé d'un fervent catholique.

Arrive Van Alsten, dont l'épouse lui avait posé un ultimatum. Arrête de boire autant et fais quelque chose de productif. Ou il faudrait qu'il y ait des changements.

Elle n'avait pas précisé la nature de ces changements, mais ils ne semblaient pas positifs.

Il n'aimait pas son prénom, avait-il confié à Gil. Il n'avait jamais collé avec lui. En fait, il avait une politique de confidentialité très stricte sur le sujet. On l'appelait par son nom de famille depuis qu'il avait fréquenté les bancs de l'école privée.

Il y avait des fonds familiaux. Du côté de sa femme, essentiellement. Penché au-dessus d'un ordinateur jusqu'à la fermeture des marchés, il gérait leurs actions.

Mais sa femme ne cautionnait pas sa façon de passer son temps libre dernièrement : l'alcool. Et la télé.

Il avait joué au basket à Yale, alors pourquoi ne pas y jouer avec des réfugiés, avait-il songé. Devenir une espèce de mentor sportif, disait-il. Il y avait un gymnase dans le centre et des gamins qui avaient du temps libre.

Il ne comprenait pas les gamins, avait-il confié à Gil dans le bureau lorsqu'il était apparu le premier soir pour commencer sa mission de coach.

Il avait le regard perdu à mi-distance, la tête penchée.

Un gamin prenait de l'espace, mais – à court terme du moins – ne semblait remplir aucune fonction utile, avait-il expliqué. À l'époque des fermes familiales, vous pouviez les faire travailler dans les champs lorsqu'ils étaient assez grands pour retourner la terre. À présent, ils se contentaient de traîner, manger, dormir, entasser de nombreux objets en attendant d'être pleinement formés.

Un enfant était comme un vase ornemental qu'on avait eu la mauvaise idée de placer près d'une porte. On se cognait systématiquement l'orteil contre le satané objet quand on passait.

Non, en réalité ils étaient pires qu'un vase. Parce qu'un vase ne courait pas dans tous les sens en faisant un boucan d'enfer et en réclamant de l'argent.

Pourtant, son dégoût des enfants ne l'arrêterait pas. Il allait leur servir de mentor, bordel.

Et pourquoi, me demanderez-vous ?

Gil n'avait pas demandé, mais Van Alsten le lui avait tout de même révélé. Il le lui avait expliqué assez clairement. C'était l'ultimatum. Il ne voulait pas perdre sa femme. Elle était sa meilleure amie, de loin, mais en plus, elle avait le plus beau cul qu'il ait jamais vu.

Ça lui faisait mal au cœur pour les autres hommes hétéros, que le cul de sa femme leur soit interdit. Il avait envie de le faire parader pour que d'autres puissent en avoir le bénéfice. Purement visuel, bien entendu. Et honnêtement, ça lui faisait aussi mal au cœur pour lui-même. Un homme a sa vanité. C'est notre cas à tous, avait-il affirmé. Nous n'aimons pas l'admettre, mais c'est le cas.

Puisque personne d'autre ne pouvait voir ce cul, personne ne pouvait connaître sa beauté. Les autres l'auraient respecté davantage. S'ils avaient compris pleinement ce qu'il avait entre les mains.

Car sa femme s'habillait modestement. Et tenait obstinément à le faire. Il avait essayé de l'orienter vers les jeans moulants, qui à son sens étaient les seuls jeans dignes de ce nom en termes de mode féminine. Il n'aimait pas les jeans mom de mes deux. Ni ceux avec des pattes d'éph' de hippy. Uniquement les jeans skinny, s'il vous plaît merci. Il lui en avait offert plusieurs, ainsi qu'un pantalon en cuir et – à une occasion qui, malheureusement, s'était soldée par une dispute de couple – un autre en latex.

Sa femme ne touchait jamais ses cadeaux. Lorsqu'elle les déballait, elle souriait patiemment et secouait la tête. Plus tard, ils réapparaissaient dans des cartons destinés aux bonnes œuvres.

Elle s'en tenait aux jupes non moulantes, et lorsqu'elle taillait les rosiers sur la terrasse de leur appartement, elle portait une salopette en toile trop large. Maculée de taches de peinture.

Quant aux chaussures, une paire de baskets montantes, vestige de ses années adolescentes.

C'était ça, d'épouser une vieille fortune.

Son plan était de traiter les jeunes réfugiés de la même façon que tout le monde. Ce qui, avait deviné Gil, voulait dire grossièrement.

Gil l'avait accompagné jusqu'au gymnase et lui avait présenté les adolescents, qui jouaient un match désorganisé et pas vraiment technique. Il s'était attardé quelques minutes pour regarder Van Alsten prendre les choses en main.

Il jouait étonnamment bien. Excellemment, même. Les jeunes étaient impressionnés.

Mais il avait aussi un tic. Si on pouvait appeler ça comme ça.

Il commentait toutes ses actions avec un chapelet d'ignobles jurons. Des gros mots émergeaient de sa bouche en un flot incessant tandis qu'il courait, dribblait, sautait et tirait. Les pires gros mots imaginables sortaient de lui.

Les jeunes le regardaient, bouche bée, tout comme Gil. Mais ensuite, celui-ci avait remarqué que les gamins commençaient à sourire. Certains riaient derrière leurs mains, timidement.

Ils adoraient.

Le lendemain soir, Van Alsten l'avait invité à boire un verre. Puisque Vic et lui avaient déjà prévu de se retrouver pour leur bière habituelle, ils y étaient allés tous ensemble. Un bar irlandais sur le trottoir d'en face.

Au début, les grossièretés de Van Alsten avaient rebuté Vic. Et puis ce dernier avait semblé conclure, comme les jeunes, que son baratin était du comique de répétition. On n'était pas obligé de prendre Van Alsten au mot – il était un spectacle. Curieusement aimable, à la fois en dépit et à cause de cela. Il était souvent drôle, ce qui lui permettait de s'en tirer à bon compte.

Après cette soirée, ils étaient toujours sortis tous les trois ensemble. Ils n'auraient pas pu fausser compagnie à Van Alsten s'ils l'avaient voulu.

Mais ils ne le voulaient pas.

Il buvait deux vodka-tonic quand eux buvaient une bière. Puis se vantait de sa tempérance.

Mais c'était un homme costaud, et il semblait bien tenir l'alcool. Le seul signe trahissant qu'il avait bu un verre de trop était qu'il commençait alors à évoquer ses années dans la Navy. Le corps d'armée le mieux géré de tous, clamait-il.

Il avait été officier, apparemment – une tradition dans sa famille. Il avait servi en Afghanistan. Avait été à la tête d'une équipe chargée de la reconstruction, comme on disait.

Il racontait brièvement l'histoire de quelqu'un rencontré là-bas. Avec qui il avait servi. Ou parfois celle d'un autochtone. Et puis il laissait sa phrase en suspens, ses yeux s'embuaient de larmes.

Vic posait une main sur son dos, disait qu'il était sûrement temps de rentrer chez soi. Demain, y a école, après tout, arguait Vic.

Ils restèrent tous les trois amis après la fermeture du centre pour réfugiés – la campagne de Gil pour optimiser l'efficacité n'avait pas franchement suffi.

Au cours des années suivantes, Gil avait eu tendance à voir les deux hommes séparément. Vic préférait certainement voir Van Alsten à petites doses. Au lieu de se joindre à eux pour un verre, il prétendait être retenu par une obligation familiale, avant d'inviter Gil chez lui tout seul. Gil avait rencontré sa femme et ses enfants, était allé à des barbecues du samedi à Jersey et une fois à la confirmation de l'une de ses filles.

Entre-temps, Van Alsten avait trouvé une autre équipe de basket, avait fait croire à sa femme qu'il était toujours bénévole. Pour une « communauté défavorisée ».

Il jouait en réalité avec des jeunes ainsi qu'avec quelques adultes qui se réunissaient à Harlem. Et qui ne cherchaient pas vraiment de mentor.

Gil le retrouvait parfois à la fin des matchs qu'il regardait depuis l'autre côté d'un grillage.

Van Alsten semblait sincèrement heureux quand il jouait.

Et puis les jeunes juraient pratiquement autant que lui.

Les oiseaux à panache étaient des cailles. Elles faisaient leurs nids au sol, disait-on, mais de temps à autre elles étaient perturbées par quelque chose et choisissaient fort mal leur emplacement. Il trouva un site web consacré aux oiseaux du désert créé par des ornithologues amateurs enthousiastes. Lut que parfois, les cailles bâtissaient leurs nids sur des balcons. Des couvées de dix à douze œufs pouvaient éclore, et leurs petits, qui, conséquence de leur évolution, apprenaient à voler tard, trouvaient alors la mort en chutant.

Heureusement, la saison des nids était terminée.

Il fallait qu'il retourne travailler – l'oisiveté était déprimante.

L'une des associations qu'il soutenait financièrement avait pour mission d'aider les jeunes homosexuels sans abri. Il y avait un programme de type « grand frère ». Mais au téléphone avec le coordinateur bénévole, il eut la nette impression qu'en ce qui concernait le travail au contact direct des jeunes, le fait de ne pas être gay le mettait hors jeu.

Comment le type avait su qu'il n'était pas gay demeurait un mystère. Une base de données des grands donateurs, probablement.

Le rejet du coordinateur le blessa un peu. Il en parla à Van Alsten au téléphone.

Van Alsten lui dit qu'il lui aurait rétorqué : Ah ouais ? Vous voulez que je sois gay ? Je serai gay de ouf, espèce de petite merde.

Van Alsten le fit rire. Mais Gil n'était pas Van Alsten.

Et une fois sa réaction défensive estompée, Gil dut accepter que cette politique paraissait sensée.

Ensuite, il contacta une association de protection qui se moquait certainement de son orientation sexuelle. Oh oui ! Il pouvait venir aider à plier des brochures, dit la coordinatrice.

N'y avait-il pas désormais des machines qui faisaient cela ? demanda-t-il. Elle gloussa et ne répondit pas.

Gil la remercia, il allait y réfléchir. Il n'était pas certain que plier des brochures soit la meilleure façon d'utiliser ses compétences personnelles.

En troisième lieu, il appela un refuge pour femmes victimes de maltraitances auquel il avait aussi commencé à donner de l'argent. Il hésita car il savait que proposer son aide dans un tel lieu pouvait aisément mal tourner.

Mais il avait appris grâce au compte rendu annuel que le refuge, suivant les traces d'une association sœur en Californie, autorisait la présence d'hommes bénévoles. Un programme pilote. L'équipe dirigeante pensait que les pensionnaires avaient besoin de quelques hommes de confiance.

Le processus d'inscription pouvait prendre du temps, lui expliqua la femme au téléphone, parce qu'ils étaient extrêmement sélectifs. Être bien intentionné ne suffisait pas, expliqua-t-elle. Il nous faut des hommes qui ont une attitude rassurante.

Des références, un extrait de casier judiciaire. Il y aura des entretiens, si les premiers bouts d'essai collent.

Merci, dit-il.

Seul dans le château, il s'entraîna à marcher doucement, à ne faire aucun mouvement brusque.

Aspen, c'était *dément*, dit Tom. Il en revint avec un bronzage agricole. Il était resté beaucoup dehors. Le garçon avec qui il avait passé du temps était un snowboarder *trop génial*. Pas en été, évidemment. Mais il avait vu des vidéos. Ce garçon, Javier, avait sa chaîne YouTube.

Javier était son idole du moment. Et lui avait appris à faire du skateboard. Son activité de l'été.

Ardis avait hésité à lui donner son accord. Elle connaissait un garçon qui avait perdu sa rate suite à un accident de skateboard.

— La rate, dit Tom avec mépris. C'est quoi, une rate ? Qu'est-ce que ça fait, une rate, d'ailleurs ?

Gil dut admettre qu'il avait des lacunes en matière de rates.

Une fois Tom équipé de genouillères, de protège-poignets et d'un casque dernier cri, Ardis avait donné son feu vert.

Il fit du skate dans leurs deux allées et dans l'impasse sous la supervision de Gil, qui guettait les voitures.

Tenait pour lui un parapluie argenté pour le protéger du soleil.

Les bouts d'essai furent passés avec succès. Des lettres de recommandation parvinrent d'associations au sein desquelles il avait été bénévole, ainsi qu'un affidavit de l'avocat de Gil. Le document certifiait qu'il n'avait jamais été reconnu coupable de crime ni de délit.

Pour son entretien, il mit une chemise avec un pull par-dessus. On aurait dit l'oncle ringard de quelqu'un. Il se rasa de près au cas où sa barbe naissante lui donnerait un aspect trop viril.

Il devait sonner à l'interphone qui se trouvait devant l'entrée du personnel, sur le côté. On ne voulait pas que des hommes inconnus défilent dans les lieux de vie des femmes.

La directrice avec qui il avait rendez-vous lui rappelait une nonne qu'il avait rencontrée à une fête de Noël chez Vic. Mais ce n'était pas une nonne, juste une lesbienne. Heureuse en mariage. Il y avait de nombreuses photos d'elle et de sa femme sur son bureau. Au cas où il subsisterait le moindre doute, elle parlait avec ravissement de leurs trois corgis.

Qu'elle appelait les « petiots ».

L'entretien sembla se dérouler plutôt bien, même s'il eut l'impression qu'elle posait de nombreuses questions sur ce qu'il pensait des délinquants violents. Comme s'il pouvait y avoir un large éventail d'opinions raisonnables mais divergentes.

— Je vois une pierre d'achoppement, lui dit-elle quand leur échange s'essouffla.

— Une pierre d'achoppement ?

— Votre physique. Il s'agit d'un inconvénient potentiel.

— Mon physique, répéta-t-il en marmonnant.

— Vous êtes plutôt séduisant.

Son ton était punitif.

— Ah ? s'étonna-t-il. Je n'ai jamais...

— Je ne suis pas en train de dire que cela remet en cause votre candidature. Mais il pourrait être perçu comme une menace.

— Eh bien, je me trouve... plutôt banal ?

Il était flatté mais sceptique. Envisagea d'ajouter : si elle le trouvait menaçant, elle devrait voir un peu son voisin.

— Nous avons tendance à choisir des hommes qui, physiquement, ressemblent plus à Jason, là-bas, dit-elle en penchant la tête en direction d'une fenêtre intérieure de bureau.

De l'autre côté, il y avait un homme petit, ventripotent, avec une tête en forme de patate, un visage tout ratatiné et des cheveux fins et clairsemés rabattus sur sa calvitie. Il était en train de scruter ses ongles.

— Ah, oh, dit Gil. J'ignorais qu'il s'agissait d'une condition.

— Encore une fois, je ne fais que vous avertir. Nous verrons ce qui se passe au cours de l'entretien avec le comité. Leur approche est très pragmatique.

Il prépara le dîner dans la maison de verre avec l'aide de Tom. Il avait laissé entendre à Ardis qu'il aimait bien cuisiner, mais qu'à force de vivre seul, il était rouillé.

— Les pâtes ? avait-elle demandé. Ils en veulent tout le temps et j'en ai ma claque de faire des macaronis au fromage et des spaghettis avec de la sauce toute prête. Tu en penses quoi ? Toi et Tom pourriez cuisiner ensemble. Cet après-midi. J'ai une séance téléphonique. Et il est censé pleuvoir.

Les orages de mousson étaient arrivés. Avant, c'était autre chose, d'après les gens du cru.

Dans le temps, plusieurs semaines ou mois de pluie se déversaient en torrents. Le wash derrière la rue s'emplissait alors de plus d'un mètre d'eau qui coulait en une écume marron, balayant des amas de feuilles et de débris sur son passage.

À présent, ils avaient de la chance si le lit asséché se remplissait d'eau une fois par saison. Changement climatique, disaient certains.

Mais le ciel était assombri par des amoncellements de nuages et il y avait de l'humidité dans l'air. Un vent chaud fouettait les arbres dans tous les sens. On annonçait des éclairs et du tonnerre.

Préparer le dîner serait peut-être l'occasion de familiariser Tom avec l'emplacement des verres dans sa propre maison, songea Gil. Peut-être même avec celui des bols et des assiettes.

Il fit un tour au marché et acheta des ingrédients.

Tom n'était pas « super chaud » pour l'aider à préparer le repas, dit-il franchement à Gil.

— Joue le jeu. Pour rendre service à ta mère. Hé : il paraît qu'elle veut que tu passes des auditions pour l'un de ces concours culinaires télévisés pour enfants. Tu sais. Où tu cuisines dans une compète ? À la télé.

— Mais non ! s'exclama Tom en le dévisageant.

Difficile de savoir s'il l'avait cru un seul instant ou s'il faisait totalement semblant.

Ils préparèrent des pâtes fraîches à l'aide d'une machine que Gil avait ramenée. Tom se prit au jeu. À un moment donné, Clem entra dans la cuisine, barbée, alors Gil lui demanda de se laver les mains et la laissa aider.

Tom, qui avait quelques minutes d'ancienneté par rapport à elle, essaya de la commander un peu.

— La ferme, t'y connais rien ! lui dit Clem.

Hum. Fougueuse.

— Je vais dire que tu m'as dit la ferme.

— Vas-y.

— C'est un gros mot.

— Abruti. C'est un gros mot en maternelle !

— Je vais dire que tu m'as traité d'abruti alors.

— Moucharder n'est pas digne de toi, Tom, intervint Gil. Vraiment pas.

— Je sais pas ce que ça veut dire, répondit Tom.

Il avait de l'œuf sur le visage. Une trace de jaune sur l'une de ses joues.

— Tu fais du skate. T'es beaucoup trop cool pour rapporter, expliqua Gil.

— Ha, se moqua Clem. Dans ses rêves ?

— Faire du skate c'est pas un crime, lança Tom.

— On dirait un slogan sur un autocollant, Tom. T'es *trop* agaçant ! s'indigna Clem.

Tom accepta l'insulte sans sourciller.

Il était coutumier du fait, semblait-il.

Malgré tout, le temps qu'Ardis et Ted rentrent à la maison, le couvert était joliment dressé. Clem avait cueilli des fleurs sauvages du jardin de Gil et en avait fait un centre de table. La pluie tambourinait sur la façade de verre. Au loin, le tonnerre grondait.

— Nous avons deux sauces, annonça-t-il à l'assemblée une fois tout le monde assis. L'une d'elle est à base de beurre et de parmesan râpé. L'autre est une sauce au melon. Crème, cantaloup, pancetta et marjolaine.

— C'est bizarre, souligna Tom.

— Oui. La sauce bizarre est pour les plus téméraires d'entre vous. Je ne juge pas. Je me contenterai de dire : la fortune sourit aux audacieux.

— Je prendrai celle-là, dit Ted. Y a pas photo.

— Moi aussi, dit Ardis.

— Je prends celle au parmesan, dit Clem.

— J'en goûterai une bouchée, dit Tom.

Tom se considérait comme végétarien, expliqua Ardis.

Il ne l'avait jamais mentionné.

Cependant, il faisait une exception pour le saucisson sec, précisa-t-elle. Et le pepperoni aussi.

Tom en mangea toute une assiette.

Ensuite, les enfants regardèrent un film, et Gil but du vin en compagnie d'Ardis et de Ted en regardant la pluie tomber et les fourches des éclairs sur l'horizon.

Gil raconta sa tentative ratée de participer à la société.

Ted parla d'un type au bureau qui ne comprenait pas les sous-entendus sur les odeurs corporelles et qui, sans le savoir, courait un sérieux risque d'être licencié en raison de ce problème. Aucun des managers ne parvenait à se convaincre d'aborder le sujet de front.

Sur le papier, bien entendu, cela ne serait pas le motif invoqué.

— Tu devrais le faire, Ted, suggéra Ardis. Tu devrais le prendre à part. Ce serait une mission humanitaire.

— Eh ben tu vois, j'avais peur que tu me sortes un truc pareil.

Ardis dit qu'elle ne pouvait rien révéler concernant ses patients, même si elle aurait adoré leur parler d'un monsieur fétichiste qui faisait une fixation sur les décorations de fête pour l'extérieur. Elle ne balancerait pas de nom, mais parmi ces décorations de jardin, il y avait le Père Noël. Et ses huit rennes. Et un écureuil faussement pudique qui avait les pattes posées sur la bouche comme pour signifier : Ne pas dire de mal.

Et un nain de jardin penché en avant, pantalon baissé, qui souriait. Un merlebleu perché sur son cul nu en céramique.

— Arrête ton char ! s'écria Ted. Ça n'existe nulle part au monde, ce genre de déco de jardin !

— Oh, détrompe-toi, répondit Ardis.

Elle raconta à Gil comment Ted et elle s'étaient rencontrés.

Ils étaient en troisième année de fac, et Ted venait de faire une vilaine chute du haut d'une falaise au cours d'une randonnée. Il avait une cicatrice sur le front – il avait soulevé sa grande mèche de cheveux noirs pour la lui montrer –, et il estimait avoir frôlé la mort lors de cet accident. Résultat, il était très théâtral à cette époque, nourrissait des pensées profondes sur la mortalité.

Il avait lu des romans français. Des poèmes sur la solitude.

— J'étais le héros de ma propre histoire. Un homme face au monde sauvage. Si j'avais survécu, c'était que j'avais un destin.

— Il a décidé que son destin, c'était moi, expliqua Ardis.

— Je ne l'ai pas lâchée.

— Au début, c'était pas gagné. Je sortais avec d'autres gens.

— Ardis était la fille que tout le monde voulait.

— Ted s'est bonifié avec l'âge.

— À l'époque, j'étais dégingandé.

— En plus, il avait de l'acné le long de la mâchoire, ajouta Ardis.

— T'es pas tendre avec lui, constata Gil.

— Si seulement elle mentait ! se lamenta Ted.

— On avait un cours en commun, expliqua Ardis. Psychologie anormale.

— J'y assistais en auditeur libre, précisa Ted. Parce que je l'avais vue traverser la cour de la fac et que je l'avais suivie à l'intérieur.

— Aujourd'hui, ça s'appelle du harcèlement.

— Les mecs de dix-neuf ans sont plus ou moins la lie de l'humanité, dit Ted.

— T'étais chou. Une fois que j'ai appris à passer outre les boutons.

— La persévérance, conclut Ted en resservant du vin à tout le monde. C'est un cliché. Il n'empêche. C'est la qualité la plus utile au monde. En affaires comme en amour.

Gil n'en était pas convaincu. Cette approche n'avait pas fonctionné pour lui.

Il avait rencontré Lane dans une salle de billard de Houston Street. Il était là-bas avec l'assistant de son gestionnaire de patrimoine et un groupe d'amis. Des étudiants fraîchement diplômés comme lui.

L'assistant ne tiendrait pas longtemps à ce poste – il avait été embauché parce qu'il avait de la famille haut placée.

C'était un type plaisant, quoique vaguement léthargique. Le concept de *conscience professionnelle* n'avait pas vraiment de résonance en lui.

Trop protestant, mec, disait-il.

Il se défonçait beaucoup et racontait des histoires pas nettes. Essentiellement des récits de ses frasques datant de l'époque où il s'était mis à vagabonder dans des bâtiments délabrés et se faisait courser par des agents de sécurité. Ou des flics. Il ne volait jamais rien mais aimait les endroits à l'abandon.

C'était juste après que Gil avait reçu son héritage, quand il apprenait encore à ne pas sembler horriblement riche. Sans pour autant mentir.

Il avait toujours été un mauvais menteur. Il n'avait jamais eu à mentir lorsqu'il était enfant. Sa grand-mère était stricte, voire sévère, mais non interventionniste. Tant qu'il lisait beaucoup, elle lui fichait la paix. Et il ne lui avait pas traversé l'esprit de lui désobéir.

Après sa mort, il n'avait pas eu grand monde à qui raconter des salades.

Et ensuite il avait découvert qu'il n'aimait pas le faire.

Si Gil refusait le mensonge, lui avait dit son gestionnaire de patrimoine – qui l'avait formulé autrement et parlé de « dissimulation » –, il faudrait qu'il apprenne quand se méfier des motivations des gens. Et quand ne pas se méfier.

Mais la suspicion n'était pas non plus quelque chose de naturel chez Gil.

Comme il ne connaissait personne d'autre à New York – il s'y était installé essentiellement pour fuir Boston –, il était sorti pendant un temps avec les jeunes qui travaillaient dans le cabinet. Ils étaient sympas et disponibles. Ils allaient au cinéma, dans des clubs et des bars. Et jouaient parfois au billard ou au bowling.

Un soir, alors que Gil faisait une partie de billard avec eux, la petite amie de l'assistant camé était arrivée avec une autre femme. Debout devant un comptoir le long d'un mur, elles les avaient regardés jouer en sirotant une bière.

Au bout d'un moment, la petite amie du camé était venue le voir et lui avait murmuré à l'oreille : Ma copine te trouve mignon. Elle s'appelle Lane.

Le comité de direction du refuge était exclusivement composé de femmes. Certaines, en tenue de ville, faisaient une pause dans leur journée de travail et, stressées, consultaient leur téléphone quand l'entretien commença. D'autres semblaient habillées pour une journée de détente, dans des tons ocre et des matières fluides.

Le genre de vêtements que portait la femme de Van Alsten, probablement.

Il ne l'avait jamais rencontrée – il avait failli à une ou deux reprises, mais étrangement leurs deux couples ne s'étaient jamais retrouvés ensemble –, alors elle était une figure indistincte. Taillant à jamais ses rosiers en Converse déglinguées sur la terrasse panoramique d'un appartement de grand standing.

Dans le bureau de la directrice, les femmes étaient assises sur des chaises pliantes disposées en cercle. Gil se présenta et prit un siège vacant.

— Comme vous le savez, nous cherchons des escortes hommes, commença l'un des membres du comité.

Gil dut s'efforcer de retenir un sourire nerveux. Personne d'autre que lui ne semblait entendre le double sens du mot « escorte ».

— Certaines de nos pensionnaires, quand elles commencent à sortir de nouveau par exemple pour faire des courses ou simplement aller à la poste ou à l'école de leurs enfants, se sentent plus en sécurité avec un homme à leurs côtés, poursuivit-elle. Il arrive qu'elles tombent sur leur agresseur.

— Cela ne se produit pas très souvent, précisa une autre. Mais des incidents ont eu lieu. Il existe un protocole que nous vous enseignerons, et vous appellerez la police immédiatement – une mesure d'éloignement a souvent été mise en place –, mais vous sentirez-vous à l'aise dans ce rôle ?

— Oui, répondit Gil.

Lorsqu'il avait parlé à Vic et Van Alsten de son projet de marche, ses amis l'avaient trouvé fou à lier. Voire égoïste, d'après Vic. Ou du moins complaisant.

Même s'il avait formulé les choses avec davantage de diplomatie.

Van Alsten avait dit que Gil racontait des conneries. Il laisserait tomber au bout d'une semaine.

Il les avait écoutés sans chercher à les contredire. Ils avaient peut-être tous les deux raison.

Et puis il était parti.

Il avait envoyé des cartes postales de paysages pittoresques à Vic, et à Van Alsten, un texto accompagné d'une photo de temps à autre.

De Virginie-Occidentale, une station-service avec les vestiges écaillés d'une pin-up placardée sur son mur de brique.

D'Alabama, une photo qu'il avait prise à l'intérieur d'un *diner* dans lequel absolument tous les clients fumaient à l'exception d'un bébé sur une chaise haute.

Peu après le début de la longue marche, alors qu'il était la plupart du temps à l'écart du cycle des informations et des écrans, quelque chose dans le pays avait grondé et changé. Un matin, en se réveillant dans un motel miteux, il avait allumé la télévision pendant qu'il s'habillait.

Pour découvrir qu'on était au lendemain de l'élection.

La veille, il n'avait pas fait attention à la date – il consultait le calendrier sur son téléphone de façon sporadique, essentiellement pour vérifier sa progression –, mais à présent, on était le 9 novembre.

Avant de partir, il avait envoyé son bulletin de vote par la poste, son dernier acte de civisme en tant que New-Yorkais, et avait présumé que la politique continuerait comme à l'accoutumée. Même si probablement, cette fois-ci, une femme serait en charge des compromis et des médiocrités. Cela, au moins, se révélerait peut-être intéressant.

Mais le nouveau président n'était pas une femme raisonnable ouverte au compromis – c'était tout le contraire.

Gil avait appelé Van Alsten, puis Vic. Eux aussi étaient abasourdis. Van Alsten avait dit : Notre problème, c'est qu'on a toujours l'espoir, putain. C'est ça, notre problème.

Je ne comprends vraiment pas, avait dit Vic. Je ne comprends vraiment pas.

Il avait marché sous le choc de cette nouvelle pendant des jours. Peut-être même des semaines. Autour de lui, des pancartes et des panneaux d'affichage qu'il avait considérés avec dédain jusqu'alors se dressaient de façon menaçante, comme des avertissements *a posteriori*.

Il observait les champs et les bois sur son chemin, les voies ferrées, les parcs industriels et les magasins d'usine. En pensant à un film de série B qu'il avait regardé un jour avec Lane, dans lequel des vers géants creusaient, invisibles, sous terre.

Et qui soudain surgissaient du sol et ouvraient leurs grandes gueules. Remplies de dents absurdes.

Ce fut pendant la marche qu'il avait remarqué pour la première fois les oiseaux. Des vautours, des faucons, et une fois, ce qu'il jugea être un aigle. Comme lui, ils étaient la plupart du temps seuls.

Il s'interrogea sur leurs vies. Sur leur solitude, que seules les parades nuptiales et la reproduction venaient interrompre.

Tout là-haut, il apercevait parfois des nuées d'oiseaux plus petits. Avec leurs danses lointaines et descentes en piqué, les volées lui transmettaient parfois une vague nostalgie.

Les oiseaux étaient les descendants des dinosaures, lui avait-on enseigné au collège. Ce qui était différent de ce qu'on lui avait enseigné à l'école élémentaire.

La paléontologie progressait à pas de géant, disait-on. On ne considérait plus comme étant une vérité que tous les dinosaures s'étaient éteints soixante-six millions d'années auparavant, après que l'astéroïde eut creusé le cratère de Chicxulub au Mexique. Eut bloqué le soleil. Et tué les plantes nécessaires à la survie des dinosaures.

Seuls avaient disparu ceux qui ne deviendraient pas des oiseaux.

Il y avait environ trois mille satellites actifs dans le ciel, avait-il lu. Environ vingt mille morceaux de débris orbitaux. Environ neuf mille avions de ligne là-haut au même moment.

Et pourtant, avait-il songé en marchant, sans les derniers dinosaures, le ciel serait vide.

Colibris

Ardis lui apporta une mangeoire pour colibris qu'elle accrocha à un arbre dont les branches se déployaient au-dessus de la terrasse derrière sa maison. Elle venait tous les deux ou trois jours changer l'eau sucrée.

Elle aimait bien le faire, disait-elle, et ne voulait pas que ce cadeau se transforme en corvée pour lui. Le nectar pouvait tourner sous le soleil estival et rendre malades les colibris.

Il ne sut jamais à quelles espèces ils appartenaient – cela ne l'intéressait pas vraiment de les classer. Ils étaient des bijoux en vol stationnaire, certains étaient turquoise et violet chatoyants, d'autres orange cuivré.

Ils étaient aussi très territoriaux, et au nom du nectar, Gil avait vu un colibri en poignarder un autre.

Fort. Avec son bec en forme d'aiguille.

La première pensionnaire qu'il escorta s'appelait Lori et souffrait comme bien d'autres femmes au refuge de stress post-traumatique.

Elle voulait aller à la solderie pour acheter des jouets à sa fille. Lorsqu'elles avaient fui leur appartement, elle n'avait pas eu le temps d'en prendre beaucoup. Ceux proposés dans la salle de jeux commune n'intéressaient plus la petite.

Gil était un garde du corps non rémunéré, même s'il n'en avait ni la carrure ni l'expérience. Il n'avait pas la permission d'être autre chose que garde du corps. Ni confident, ni thérapeute, ni bienfaiteur, ni ami. Ce point avait été clairement énoncé au cours de sa formation.

Cependant, cela l'attristait de voir Lori dépenser le peu d'argent qu'elle avait pour acheter des babioles en vinyle qui dégageaient des substances chimiques et laissaient une drôle d'odeur sur vos doigts.

Mais le pire qu'une personne comme lui puisse faire, l'avait mis en garde la coordinatrice bénévole, était de « jouer les chevaliers blancs ».

Un chevalier blanc croyait peut-être aider une pensionnaire en claquant son argent pour elle, en l'emmenant en voiture dans un centre commercial chic et en couvrant ses enfants de présents coûteux. D'un genre que les enfants en question n'avaient jamais vu.

Et ne reverraient pas.

À long terme, avait soutenu la coordinatrice, un chevalier blanc ne ferait que blesser les pensionnaires.

Résistez à l'envie d'agir ainsi, avait-elle conseillé.

Tandis qu'il arpentait les allées du magasin, il guettait le mari violent, un vétéran de la guerre en Irak. La coordinatrice lui avait transmis une photo via Airdrop : barbu, avec de gros sourcils et un visage buriné.

Un véritable ours. Souffrant lui aussi de stress post-traumatique.

C'était contagieux.

Aucun homme aux allures d'ours n'apparut, et des articles furent trouvés et achetés. Parmi eux, une fausse Barbie vendue avec un lit en plastique à construire soi-même en collant ensemble des tubes roses fins comme des spaghettis. Lori dit que sa fille ne s'intéresserait pas trop à la poupée mais aimerait bien construire le lit.

Le deuxième article était un grand pistolet à eau. Il ressemblait à une carabine de style militaire.

— C'est un garçon manqué, confia Lori. Et puis, vous savez, son papa était soldat.

Troisième article, une créature rembourrée toute bosselée. Difficile de savoir si elle était censée évoquer un mammifère, un reptile ou un poisson. Elle était violette et en peluche, et son corps sans membres aurait tout aussi bien pu appartenir à un poisson qu'à un phoque. Avec des yeux noirs ronds et tristes.

La peluche représentait les animaux, pensa Gil. Peut-être était-ce suffisant. Un ambassadeur bosselé.

Lori était assise côté passager avec les jouets étalés sur ses genoux tandis qu'ils regagnaient le refuge en voiture.

— Vous pensez que ça lui plaira ? demanda-t-elle.

— Bien sûr que oui, répondit-il consciencieusement.

Et ce fut le cas.

Van Alsten lui envoya un texto à 14 heures. Heure de l'Est. Lui dit qu'il passait par l'aéroport de Phoenix dans deux semaines en allant à Napa avec sa femme pour une connerie prétentieuse de dégustation de vins. Est-ce que Gil se joindrait à eux pour le dîner ?

Gil répondit oui.

Il était content d'avoir l'occasion de revoir Van Alsten.

Pendant la période décevante qui suivit son voyage dans le Colorado, Tom accepta de participer à une semaine de stage d'arts martiaux pour enfants. C'était une trouvaille de son père, un cours quotidien au dojo de Tempe.

— Généralement, c'est Ardis qui réserve des choses, mais là, c'est moi qui ai dû prendre l'initiative, expliqua Ted à Gil.

L'esprit d'Ardis était hermétique aux arts martiaux. Ce n'était pas qu'elle s'y opposait, mais plutôt qu'elle ne semblait tout simplement pas entendre Tom lorsqu'il en parlait. Il la suivait partout en décrivant les prises et les combats qu'il souhaitait faire.

Il parlait de jujitsu, de kick-boxing, de catch et de karaté.

Mais pour Ardis, c'était comme s'il ne parlait pas.

Le même phénomène se produisait lors de conversations initiées par Ted sur le sujet du football américain ou classique. Lorsqu'il parlait d'un match, d'un joueur ou d'une statistique à Ardis, il avait la sensation que son visage était devenu transparent, confia-t-il à Gil. Le regard d'Ardis le traversait complètement et se projetait dans le futur, dans un autre temps et un autre lieu exempts de cette cascade stridente de bruit arbitraire.

Gil comprenait Ardis. Il savait lancer un ballon et courir, mais il n'avait jamais pris de plaisir au sport spectacle. À ses yeux, c'était un peu comme le forum romain – des arènes où se jouait l'agressivité masculine.

Il n'était pas assez agressif pour cela.

— Est-ce qu'à un moment, cela lui a plu ? demanda-t-il. De t'écouter parler de sport ?

Quand il avait commencé à fréquenter Lane, elle était profondément attentive lorsqu'il évoquait différentes opinions et idées. Elle croisait son regard, se penchait en avant, hochait la tête attentivement. Comme si elle était complètement fascinée.

Au fil du temps, elle avait cessé de paraître aussi fascinée.

— J'en doute, répondit Ted. C'est juste que... il m'a fallu des années pour me rendre compte que l'expression sur son visage n'était pas de l'adoration.

— Pour un jeune mec, c'est facile de confondre l'ennui d'une femme avec le ravissement.

Un jour, il alla chercher Tom au dojo car Ardis et Ted devaient tous les deux travailler tard alors que ce n'était pas prévu. Il arriva en avance et suivit le cours derrière une vitre panoramique.

Les élèves travaillaient deux par deux pendant que l'instructeur faisait le tour de la salle et les corrigeait. Tom resta coincé sous un garçon beaucoup plus grand que lui pendant plusieurs minutes. Il semblait plus jeune que d'habitude dans son ample tenue blanche, avec ses fins poignets qui sortaient des larges manches.

Finalement, le grand garçon arrêta de s'asseoir sur lui.

Le professeur demanda aux élèves de se mettre en rangs et énonça un proverbe, ou peut-être un adage, pour les motiver.

— Dans les arts martiaux, annonça-t-il, nous ne nous débarrassons pas des faibles. Nous entraînons les faibles. À devenir les forts !

Lorsqu'il était sorti dans le parking, Tom avait retrouvé sa claudication théâtrale.

— Tu t'es fait mal à la jambe ? lui demanda Gil.

— Le grand, là, il l'a plus ou moins écrasée, répondit Tom.

— C'est vrai qu'il était grand.

— Il est grand, mais il n'est pas fort.

— Ah bon ?

Tom haussa les épaules.

— Avant que t'arrives, j'avais carrément le dessus.

— Ah.

— Je suis vraiment doué en mode crevette.

Le temps d'arriver à la voiture de Gil, le boitement avait déjà disparu. Tom en révéla davantage sur le mode crevette, qui consistait notamment à gigoter et à se contorsionner au sol.

Mari voulait se rendre dimanche à une messe de son église, que fréquentait également l'oncle qui avait abusé d'elle.

Elle avait un affect nerveux et frêle – Gil se demandait si elle avait toujours été ainsi ou si sa peur lui avait été inculquée par son oncle. Elle était angoissée quand ils entrèrent. Garda la tête baissée. Ses mains tremblaient tandis qu'ils avançaient dans l'allée centrale, et elle agrippa furtivement son bras. Gil consulta son téléphone pour regarder la photo prise par la police.

À vrai dire, ce n'était pas une photo prise par la police. On avait zoomé sur une photo de groupe, sur laquelle l'oncle souriait et semblait aussi joyeux que tout le monde.

Il avait le visage grêlé et un catogan châtain.

Ils s'assirent sur l'un des bancs. À quand remontait son dernier passage dans un lieu de culte ?

À la confirmation de la fille de Vic.

Mari regardait en direction de l'autel. Rien n'aurait pu la distraire. La foule éparpillée était un corps dont elle était une partie. Sur le livre des cantiques, ses mains cessèrent de trembler.

Lors de la confirmation de la fille de Vic, le prêtre avait dit : « Que la paix du Christ soit avec vous pour toujours. » Avant d'expliquer : « Les mots que je viens de prononcer ne sont pas les miens. Ce sont ceux du Christ ressuscité. »

Bien que non-croyant, Gil avait été hypnotisé. Il avait eu la forte impression que des mots blasonnaient l'air, s'élevaient tandis que les fidèles étaient debout à leur place. À travers les siècles. D'antiques piliers de foi.

— Nous proclamons votre mort, Ô Seigneur, murmurait à présent l'assemblée des fidèles. Jusqu'à ton retour.

Gil ne cessait de passer en revue les nombreuses rangées de têtes, guettant les catogans.

— Que le Seigneur soit avec vous, proclama le prêtre.

— Et avec votre esprit, répondit en chœur l'assemblée.

Les colibris sont les plus petits de tous les oiseaux, lut-il sur un site web d'ornithologie. Mais ce sont eux qui ont le plus gros cerveau relativement au reste de leur corps.

Dans ces cerveaux de la taille d'un grain de riz, écrivait un scientifique, ils ont des souvenirs exceptionnels. Ils conservent peut-être même une impression de toutes les plantes en fleurs qu'ils ont visitées.

Comment les oiseaux pouvaient-ils se souvenir de tout cela ? Et quelle expérience avait généré pareille information ?

Il y avait la carte de la migration d'un colibri, de l'Alaska au Mexique.

Tandis que l'été touchait à sa fin, ces minuscules oiseaux étaient capables de voler sur près de six mille cinq cents kilomètres en solitaire.

Il retrouva Van Alsten et sa femme à Sky Harbor, l'aéroport de Phoenix, dans un restaurant d'influence mexicaine à l'extérieur de la zone de sécurité. Les murs étaient tapissés de sombreros colorés à paillettes. La salle était éclairée aux néons et brillait de l'éclat générique d'un mélange de produit d'entretien et de graisse de cuisine.

Ils se levèrent d'un coup lorsqu'il entra. Van Alsten fit les présentations.

— Mon ami Gil. Gil, Constance, mon épouse, dit-il avec cérémonie.

— Appelez-moi Connie.

Contrairement à la description de Van Alsten, Connie n'était pas habillée comme un sac à patates. Elle portait un trench bien coupé et en dessous un pull couleur crème qui ressemblait à du cachemire.

Des taches de rousseur constellaient son adorable visage avenant.

Lorsque Gil s'assit, Van Alsten dit en levant les mains, paumes vers le haut :

— J'espère que l'endroit qu'on a choisi te plaira. La nourriture est passable, mais bon sang, cette atmosphère !

Quinze bonnes minutes s'étaient écoulées – ils avaient commandé des boissons et un panier en plastique rouge rempli de chips de tortillas était arrivé – quand Gil se rendit compte que Van Alsten n'avait pas juré une seule fois.

Pas même un petit « purée merde ».

Van Alsten évoquait les enquiquinements du transport aérien pendant que Connie inclinait la tête, attentive.

— Mon frère ne voyage jamais sur des avions de ligne, dit Van Alsten. Tu sais, celui qui est vice-président ? Et possède son propre jet ? Bon. Il est en partie propriétaire de l'appareil. C'est l'un de ces jets en propriété fractionnée.

— Choquant, avança Connie.

Elle parlait doucement.

— L'empreinte carbone. Ça fait mal quand on y réfléchit.

— Connie ne nous autorise pas à voler en jet privé, dit Van Alsten. Le sujet a été abordé… c'était quand ? À Thanksgiving. Dans l'une des maisons de vacances de mon frère. À Nantucket. Les Caraïbes des Blancs, qu'il surnomme l'île. Sans ironie en plus. Comme si c'était une bonne chose. Sa femme n'arrêtait pas de radoter. Elle se vantait, l'air de rien. Disait être une *obsessionnelle* du recyclage. Être *obsédée* par le fait de laver et trier ses... je ne sais pas... plastiques. Mais en réalité, elle ne lave et ne trie que da... – rien du tout.

— Elle ne s'acquitte même pas des petites tâches ménagères, murmura Connie. Ne fait pas le lit. Ne plie pas le linge, ne lave pas la vaisselle. Elle ne ramasse même pas un jouet ou un livre par terre. Pas plus qu'elle ne demande aux enfants de le faire. Les bonnes font tout à leur place. Pendant qu'elle pointe le doigt vers les choses. Et dit : « Je suis tellement *obsessionnelle.* »

— Alors Connie lui sort : « Hum. Toute une vie de tri sélectif ne rattrapera pas un mois de vol dans cet avion privé, malgré tout. »

— Je n'aurais jamais dû dire une chose pareille. C'est très malpoli ! Je sais ! Mais à un moment donné, ne pas s'impliquer, c'est lâche. Vous ne trouvez pas ?

— Les gens manquent à leurs engagements par lâcheté, dit Gil. En tout cas, c'est mon cas.

— D'après le proverbe, qui vit dans une maison de verre ne devrait pas jeter de pierres, dit Connie. Mais n'est-ce pas notre cas à tous ?

— Nous jetons des pierres ? demanda Van Alsten.

— Nous vivons dans des maisons de verre.

— Certaines maisons sont plus de verre que d'autres, fit remarquer Gil.

Connie le considéra pensivement en hochant la tête.

— Mais elles peuvent toutes être cassées.

Un frisson le parcourut.

L'air conditionné était glacé.

— Certains types admettraient les choses, diraient, oui, je vole en jet privé, et alors ? Pas mon frère. Il fallait qu'il ait le dernier mot. Tout le reste des vacances, il nous a suivis en se moquant de tout ce que nous faisions comme un gamin de six ans. Genre : T'es sûr que tu veux vraiment manger cette dinde ? Elle a une empreinte carbone. T'es sûr que tu veux aller à l'épicerie en voiture ? Pense à ton empreinte carbone. T'es sûr que tu veux utiliser mes toilettes japonaises ? Elles ont une grosse...

— On a compris, l'arrêta Connie.

— J'avais envie de lui coller une droite, dit Van Alsten.

— J'ai regretté d'avoir parlé, avoua Connie. Mais bon, c'est souvent le cas.

— Je vous comprends. On prend moins de risques en ne parlant pas. Généralement.

Le serveur apparut :

— Très bien, messieurs-dames, méli-mélo de fajitas ?

— Merci, répondit Van Alsten.

Lorsque Connie se leva pour aller aux toilettes, Gil ressentit une seconde de curiosité au sujet de son cul. Il l'étouffa. De manière irrévocable.

Il n'y avait même pas de lubricité là-dedans. Pouvait-on lui en vouloir d'être curieux, quand le cul en question alimentait mythes et légendes ?

De toute façon, son manteau rendait toute observation impossible.

Il se retrouva muet, une fois seul avec Van Alsten. Deux hommes. Des abrutis. Des instruments émoussés.

Les femmes facilitaient la conversation.

Il secoua son verre. Les glaçons crépitèrent et bougèrent.

— Quoi ? demanda Van Alsten.

— T'es pas pareil quand y a ta femme.

— Bien sûr que je suis pas pareil, putain ! Tu me prends pour quoi, un idiot ?

— T'es comme une version tous publics de toi-même.

— Connie fait ressortir le meilleur de moi. Ou quelque chose comme ça, bordel. Elle fait de moi un homme meilleur, putain.

— Jusqu'à la seconde où elle quitte la pièce.

— Sans déc. Il n'empêche. Je suis un homme meilleur au moins soixante-cinq heures par semaine.

— Quelqu'un de bien à mi-temps ?

— Hé. Tu sais ce qu'on dit. En privé, même Mère Teresa était une connasse.

En attendant l'addition, ce fut au tour de Van Alsten de se lever, et Gil se retrouva seul avec Connie.

Une épreuve de relais.

— Il n'aime pas exprimer les émotions positives, dit Connie. Mais vous comptez beaucoup pour lui. Avant, toute la semaine, il attendait avec impatience de sortir avec vous et Vic. Il disait que vous étiez deux civils. Ce qui, dans sa bouche, peut être une insulte. Mais dans votre cas, il y a toujours eu du respect. Il m'a dit un jour que vous étiez des civils qui cherchaient toujours à servir.

— Oh.

— Chose rare chez les civils. D'après lui.

Coup de chaud. Il rougissait peut-être.

— Eh bien. Sinon, à quoi consacrerais-je mon temps ?

— À peindre des tableaux ? À aller à des dégustations de vins dans la vallée de Napa ?

— Ha. Eh bien. Zéro talent artistique. Et je suis plutôt du genre bière et whisky. Mais merci.

Elle tendit le bras et lui serra la main.

— Je suis ravi que vous ayez fait escale à Phoenix.

— La vérité ? C'était la seule façon de le convaincre de venir.

Dans la chaleur intense, d'autres oiseaux venaient s'abreuver à la cascade de son bassin. Si nombreux qu'ils blanchissaient les pierres, que le jardinier était en train de mettre un point d'honneur à récurer à fond.

Gil l'avait embauché non pas parce qu'il n'avait pas le temps de s'occuper lui-même de son jardin – bon sang, il avait tout le temps du monde –, mais parce qu'il manquait d'expertise en la matière. Il ne voulait pas tuer les plantes du désert. Mais en voyant le jardinier à genoux, il se souvint que le type avait mentionné souffrir de problèmes articulaires. Ce n'était pas un perdreau de l'année. Il décida que, plus tard, il s'acquitterait lui-même de cette tâche. Nul besoin d'être un expert en plantes pour récurer de la merde d'oiseau.

Tom l'invita à venir visiter un aquarium à Scottsdale. Toute la famille y allait, alors Gil répondit pourquoi pas. Juste au cas où, il viendrait dans sa propre voiture. Il imagina des foules, des groupes de gamins braillards tous affublés de tee-shirts identiques à l'effigie de leur centre de loisirs. Il lui fallait se ménager une porte de sortie.

Mais ce fut tranquille. Serein. Dans un tunnel bleu où l'eau les enveloppait, de part et d'autre et au-dessus de leur tête, ils inspectèrent la vie marine de la grande barrière de corail. La vraie barrière, expliqua un guide en passant avec son groupe, venait d'être dévastée par un phénomène de blanchissement corallien massif.

Des poissons-papillons et des poissons-clowns passaient en nageant.

— Oh ! s'exclama Ardis derrière lui.

Il se retourna : une femme brune et mince. Ardis l'embrassa, puis la présenta à Gil. Les invita tous les deux à déjeuner.

Dans la cafétéria de l'aquarium, lui et Ted s'assirent à une table pendant que les autres faisaient la queue aux caisses pour commander.

— Je t'ai raconté que de nombreux amis à nous ont divorcé, dit Ted. Tu te souviens ? Elle est dans le lot. Elle a un abonnement ici. Elle aime s'occuper de paperasse sur son ordinateur portable entourée d'aquariums et de poissons qui nagent. Elle trouve ça relaxant.

Fait surprenant, parallèlement aux cheeseburgers frites, la cafétéria servait un plat coréen appelé bibimbap. Tom trouva le mot désopilant. Alors il le répéta.

— Bibimbap, bibimbap, bibimbap. Bibimbap, bibimbap, bibim...

— La ferme ! s'énerva Clem. La vache !

Sarah s'assit en face de Gil avec son plateau.

— Bon, Gil, que pensez-vous de notre désert ?

Comme c'était le cas avec Ardis, il était facile de lui parler. Ses réponses à lui n'étaient que modérément guindées. Une fois, alors qu'il riait à quelque chose que Sarah venait de dire, il surprit Ardis et Ted qui échangeaient un regard. Rien de mal dans ce regard – un regard affectueux et satisfait.

Mais était-ce un regard complice ?

Dans sa voiture, sur le chemin du retour, il se rendit compte qu'il était agité. Le tissu de sa chemise le démangeait. Était-ce une coïncidence qu'une femme célibataire se soit pointée ?

Il espérait qu'il n'y avait eu aucune intention derrière cette rencontre. Qu'ils n'avaient pas essayé de jouer les entremetteurs.

Parce qu'ils avaient pitié de lui.

Dans le château, il y avait une grande fenêtre de toit au-dessus d'une pièce que son agent immobilier en ligne lui avait présentée comme l'« atrium ». Le terme évoquait vaguement la Rome antique. Des mosaïques faites de petits carreaux recouvraient les sols et les murs, et des colonnes étaient alignées de manière à former un rectangle autour d'un jardin central.

Il avait pensé à Pompéi la première fois qu'il l'avait vu. Au Vésuve. À des mosaïques recouvertes de cendre volcanique.

Au-dessus du jardin il y avait un bout de ciel.

Après la visite de l'aquarium, Gil installa son petit matelas en dessous. C'était celui qu'il avait transporté dans son sac à dos tout au long des mois où il avait marché – une extension crasseuse de son corps. Il s'allongea sur le dos dessus.

Généralement, les lumières de la ville éclipsaient les étoiles. Ou les nuages les occultaient.

Mais au cours des nuits sans lune, lorsqu'il n'y avait pas trop de poussière dans l'air, on pouvait apercevoir la constellation de Persée. Et Vénus, la planète lumineuse.

Il y avait une pluie de météores autour de Persée à cette période de l'année, alors il resta allongé là à contempler le ciel tandis que ses yeux s'ajustaient, en attendant d'apercevoir une étoile filante.

Il pensa aux couples qu'il connaissait. Le monde n'était que couples, à partir d'un certain âge. Ou du moins était-ce l'impression qu'on avait quand on n'était pas soi-même en couple.

Les amis de Ted avaient peut-être tous divorcé, comme il l'avait prétendu, mais à vrai dire Gil en doutait. Il était plus probable que sa remarque ait été une tentative de le rassurer. Dans son célibat.

Il était un satellite solitaire, en orbite. Ardis et Ted, Van Alsten et Connie, Rajiv et Amara, Vic et sa gentille femme Inez.

Contemplant la noirceur du ciel, il pensa à eux comme à des ensembles de créatures bien ajustées, blotties l'une contre l'autre pour se réchauffer. Dans les replis de leurs ailes respectives.

Qui parmi eux était seul ?

Peut-être personne.

Mais la solitude pouvait être ambiante dans un couple. Ou le devenir.

Il avait poursuivi Lane de ses assiduités, à l'époque, avec un dévouement résolu. Au cours des dernières années de leur histoire, chaque fois qu'elle semblait distante, il s'était demandé si sa certitude initiale avait été une lubie. Et sa quête infatigable d'elle une forme de phénomène météorologique.

Une bourrasque passagère qui les avait emportés tous les deux avant de les laisser sur un îlot.

Coucous

— Ma nouvelle école va craindre à mort, dit Tom.

Dans les États du Sud-Ouest, l'école reprenait tôt – au début du mois d'août.

Ils étaient tous les deux assis sur la terrasse en train de boire leurs poisons respectifs : Gil une bière, Tom un soda.

À l'approche du crépuscule, l'ombre plumeuse des mesquites se répandait sur les dalles et les rafraîchissait. Gil avait ôté ses chaussettes et ses chaussures pour sentir la pierre contre ses pieds nus, avait étendu ses jambes devant le transat en toile affaissé sur lequel il était assis. Regardait un grand géocoucou traverser le terrain comme une flèche et plonger la tête dans l'eau du bassin.

Il l'avait vu attraper un lézard le matin, avait vu la queue rayée de sa proie pendre mollement à son bec.

Dans le jardin, oiseaux et buissons bougeaient enveloppés d'une brise chaude.

Et puis Tom avait gravi l'escalier extérieur quatre à quatre en déclarant avoir soif, alors Gil était allé lui chercher son cola préféré avant de se rasseoir.

À présent, ses pieds d'homme nus, qui avaient jusqu'alors échappé à son observation, le regardaient, éblouissants de blancheur. Il regretta que Tom doive être témoin d'une telle nudité.

On devrait protéger les jeunes enfants du spectacle des vieux pieds.

— Ton école va craindre ? Pourquoi donc ? demanda Gil.

— Clem a entendu dire que les enfants là-bas dabbaient.

Tom fit une moue dédaigneuse.

— Ils dabbent encore *maintenant* ! C'est dégueu !

— Ils dabbent ?

— Tu sais pas ce que c'est dabber ?

— Je devrais ?

— Tout le monde sait ce que c'est, Gil. C'est genre le pire mouvement jamais inventé. Le pire pas de danse au monde. Je peux même pas te montrer. Ça te prouve à quel point c'est *cringe*. C'est tellement stupide et vieux qu'aucun enfant ne le fait plus à Denver. Genre plus personne n'a dabbé depuis cinq ans.

— Du coup tu vas faire quoi ? Si tu vois quelqu'un dabber ?

— J'attraperai son bras, mais pas pour lui faire mal. Oh, je sais ! Je lui ferai une clé de poignet !

Tom allait se faire des tas d'amis en CM2, pensa Gil.

Bientôt, l'âge d'or du jeu se terminerait pour eux.

— Je parie que cette école finira par te plaire, dit-il.

La merde ne commençait pas avant le collège, si Gil se souvenait bien de sa propre enfance. Tom devrait avoir encore une année de grâce.

Du CM2, il ne se souvenait clairement que d'un seul élément : des cartes classées selon un code couleur dans une boîte en carton, avec un récit tiré d'une histoire vraie sur chaque carte. Elles devaient être passées de mode à présent, cependant. Une carte dans la section rouge s'intitulait : « Le capitaine Cook découvre une nouvelle terre. »

Dans la section orange : « La famille loutre s'amuse. »

Il aimait bien lire ces cartes, parcourant à grande vitesse l'arc-en-ciel de couleurs de la boîte.

Il complétait rapidement le questionnaire qui se trouvait au dos.

Mais sa grand-mère était morte l'été suivant, et il était entré en 6e plus seul que jamais.

Vicky D'Amato, qui avait redoublé deux fois, qui était grande et dotée d'une grosse poitrine semblable à une étagère, s'était assise derrière lui en math. Elle lui avait chatouillé le dos et il avait cru bouillir. Une chaleur accablante et irritante.

Après les chatouilles, Vicky l'avait suivi jusqu'à la rangée de casiers en se moquant de lui et en gloussant. Il n'avait pas compris la blague.

Même aujourd'hui, il n'était toujours pas certain de l'avoir comprise.

Plus tard, Gil avait cherché « dabber » sur Google. Tom n'avait pas tort. Ce n'était pas beau à voir.

La première fois qu'ils avaient habité sous le même toit, dans un deux-pièces à l'ouest de Central Park avec un escalier étroit qui menait à un jardin sur le toit, lui et Lane avaient hérité de deux chats tigrés. Temporairement : ils étaient inclus dans la sous-location de six mois. Les chats étaient une clause du contrat.

Ils étaient nés de la même mère mais très différents. L'un était malin et méchant, crachait et donnait des coups de griffe. L'autre était bête et affectueux.

Leur nom était inscrit sur la médaille accrochée à leur collier, mais Lane ignora les médailles. Elle appelait celui qui était bête Gil et celui qui était méchant Lane.

Une photo envoyée par un numéro inconnu apparut sur son téléphone. Lui et Ardis à l'aquarium. Leurs visages étaient de profil, leurs yeux rivés sur un aquarium en face d'eux.

Sur l'image, on ne voyait rien dans le bassin hormis des roseaux longs et minces.

Vous tentiez de trouver les hippocampes, disait le numéro inconnu dans son texto. *Les mâles enceints avec leur sac d'œufs.*

Attendez, qui est-ce ? demanda-t-il par SMS.

Sarah. L'amie d'Ardis.

Ardis avait dû lui donner son numéro de portable.

Il éprouva un tiraillement d'anxiété. Encore une preuve d'ingénierie sociale, manifestement. De géométrie. Comme si on le couplait.

Il n'était pas en état pour ça – il était compromis. Cela échappait peut-être aux observateurs extérieurs, mais il était dévasté.

Écartelé entre le passé et le présent. Incomplet.

Le souvenir de Lane occupait l'espace où pourrait exister une nouvelle affection. Perdu et sans but, comme un chien fidèle.

Perturbé par la disparition de son maître.

Il soupçonnait qu'il n'avait pas été moins intelligent qu'elle, même si elle aimait bien le sous-entendre pour le taquiner. Contrairement à elle, il n'avait pas fait de tests de QI – Lane appréciait les mesures et les évaluations –, mais il n'avait aucune preuve directe de déficience. Il s'était toujours bien débrouillé à l'école.

Cependant, il était plus lent lorsqu'il s'agissait de prendre des décisions, et Lane voyait son empressement à se plier à ses décisions à elle comme un défaut d'analyse. Elle avait l'esprit de compétition, alors que lui, non. Il ne voulait pas gagner.

Il voulait simplement être méritant.

Lorsque Lane entrait dans une pièce, l'attention de Gil était toujours fixée sur elle. Il aimait sa façon de parler. Ses manières et ses mouvements. Les parenthèses autour de sa bouche quand elle souriait, ses pommettes hautes, la façon qu'avaient ses vêtements de tomber sur son corps. Peu importe ce qu'elle portait. Elle le portait avec grâce.

Elle dansait dans l'appartement, à moitié nue et insouciante, sur de la musique à fond. Ça aussi, c'était gracieux.

Lane observait à la fois les inconnus et les gens qu'elle connaissait avec une attention aiguë pour les détails. Poussée de sympathie ou vive condamnation – c'était selon. Il voyait les autres à travers les yeux de Lane, et ce double regard les illuminait. Elle générait une sphère de sens et de cohésion autour d'eux deux, et il aimait se retrouver pris à l'intérieur. Elle était une force singulière.

Mais elle avait également des aspérités. Par exemple, une politique stricte consistant à ne pas présenter ses excuses après avoir eu des mots durs sous le coup de la colère – du moins pas tant qu'il n'avait pas erré pendant des heures ou des jours en transportant un lourd rocher de détresse. Lui n'avait jamais ce genre de mots. Elle seule les disait. Et elle était convaincue de son infaillibilité. Ses jugements étaient toujours les bons. Les seuls.

Dans son propre esprit, elle chevauchait au-dessus du reste de la populace sur un majestueux destrier. Probablement blanc. Un étalon.

Elle pouvait le harceler pendant des heures au sujet des faiblesses qu'elle percevait en lui, comme s'il lui suffisait de dresser la liste de ses défauts de manière répétée pour pouvoir un jour les oblitérer.

En dépit de ces aspérités, qui ne firent que s'accentuer au fil du temps, il s'était accroché à elle. Jusqu'au bout, jamais il n'avait laissé de place à la possibilité d'une fin.

Alors d'une certaine façon – il l'avait reconnu même à l'époque –, le chat bête portait bien son nom.

Et le méchant peut-être aussi.

Après sa journée de travail, le soir de la rentrée de Tom et de Clem, Gil fut convié par Lori à venir s'asseoir dans la salle commune avec un groupe de pensionnaires.

Il était fatigué et n'eut pas la présence d'esprit de trouver une excuse. Il dit : Merci, seulement quelques minutes alors. Je ne suis pas censé fraterniser. Et je dois être quelque part dans pas longtemps.

Il devait être chez lui. À ne rien faire.

Lorsqu'il entra dans la pièce, il eut davantage conscience que d'habitude d'être un homme. Il fut frappé par le fait qu'il était peut-être le dernier homme encore présent dans le bâtiment. Un seul homme à l'intérieur de la forteresse des femmes blessées.

Elles avaient dû mettre les enfants au lit. Elles étaient assises sur des canapés, dans la pénombre de quelques lampes de chevet.

— Je suis allée à un mariage où la demoiselle d'honneur était un mec, raconta l'une d'elles.

— Quoi ? Un mec habillé en femme ?

— Non. Juste un mec.

— J'ai une amie qui a fait un mariage style Renaissance, dit une autre femme.

Jeune et peut-être nouvelle – il ne la reconnaissait pas.

— Elle était une duchesse, et ses témoins, des dames d'honneur. Tout le monde a été obligé de s'habiller en tenue médiévale, genre. J'ai dû y aller en soubrette. Avec ces espèces de nœuds devant ? Mais trois mois plus tard, elle a arrêté ses médocs. Il voulait des enfants alors elle a arrêté ses médocs. Et ensuite, fini. Divorce.

Une femme d'âge mûr prit la parole depuis un flou de vêtements bleus sur un fauteuil dans un coin. Denim. Son visage était dans l'ombre.

— C'est toujours mieux que ton histoire. Au moins, elle n'est pas restée mariée à un type qui parlait avec ses poings.

— Euh, protesta la jeune femme, blessée. Il faut avoir la foi qu'il puisse changer. C'est le conseil que m'a donné mon pasteur.

La femme en denim partit d'un gros éclat de rire.

— Y a la foi et y a la stupidité.

— Elle n'est pas en train de te traiter toi de stupide, ma chérie, intervint une autre pensionnaire en se penchant pour tapoter la main de la jeune femme.

— Ah bon ? s'étonna la femme en bleu.

— Qu'en pensez-vous, Gil ? demanda Lori pour faire diversion. Est-ce qu'il y a des gens qui sont sincères quand ils promettent qu'ils vont changer ?

À brûle-pourpoint. Pas une position confortable pour lui. Il représentait l'homme violent. Sa voix était celle de l'agresseur.

Les autres se tournèrent vers lui pour le regarder.

— Mon avis ? Aucune importance.

— Dites ce que vous pensez. Allez, des couilles ! l'exhorta la femme bleue.

— Je disais simplement que, d'après moi, cela n'a aucune importance que la personne soit sincère ou pas, finit par répondre posément Gil.

Il fallait rester calme si une pensionnaire vous insultait. Le calme était la clé.

— Trop dar ! s'écria la femme bleue.

Elle hochait la tête, mais Gil n'était pas vraiment sûr du sens de sa phrase.

— Mon avis personnel : ne traînez pas avec lui pour voir si c'est vrai, poursuivit-il.

— Tu l'as dit ! plussoya la femme bleue.

Elle lui évoquait un camionneur. Longue distance.

Il avait rencontré de nombreux camionneurs au cours de sa grande marche. Les restoroutes lui avaient sauvé la vie. Quand, entre deux motels trop distants l'un de l'autre, il dormait sur des aires de repos ou dans des caniveaux et subsistait grâce à du thon en boîte et à de la soupe lyophilisée aux nouilles, un restoroute qui se profilait devant lui avait des allures de paradis. Il pressait le pas, comme attiré par lui. S'asseyait avec reconnaissance à un comptoir ou sur une banquette. Dans certains de ces *diners*, on venait prendre votre commande à votre table.

Il commandait n'importe quel plat gras et chaud proposé au menu. Des gaufres. Des crêpes. Des escalopes de poulet frit. Aux anges, il les consommait voracement.

Généralement, il trouvait les camionneurs bourrus et sympathiques, mais certains étaient cinglés. L'un d'eux, prénommé Arnaldo, avait prétendu n'avoir mangé que des choses blanches ces dix dernières années : du riz, du pain blanc, de la crème glacée à la vanille, du lait.

Gil lui avait demandé ce qu'il faisait des légumes. Ne fallait-il pas qu'il en mange quelques-uns ? Pour des raisons de santé ?

Eh bien, parfois, du chou-fleur, avait répondu Arnaldo. Mais c'étaient surtout les patates qui lui permettaient de tenir. En purée. Cependant, s'il tombait sur ne serait-ce qu'un minuscule bout d'épluchure marron, il refusait de manger le plat.

Il le renvoyait dans le trou à rats d'où il était sorti.

La cabine de son camion était également blanche, à l'intérieur et à l'extérieur, tout comme ses vêtements. Il croyait que la réponse à tout était le blanc.

Il avait raconté cela à Gil avant d'ajouter :

— Eh ben demande-moi : c'est quoi la question ? Vas-y, demande. C'est quoi la question si la réponse est toujours le blanc ?

Gil redoutait de le découvrir. Il orienta la conversation vers l'intolérance au lactose.

Parmi les camionneurs, il y avait également un nombre non négligeable de complotistes. Gil avait entendu parler de la plupart de leurs théories. Un type originaire de Géorgie disait qu'il ne se ferait jamais opérer. Parce que les médecins vous implantaient des puces électroniques. Pour que le gouvernement puisse traquer vos mouvements.

Le 11 Septembre faisait aussi partie des thèmes. Là encore, les agents au service du gouvernement étaient les cerveaux maléfiques.

Dans le sillage de l'élection, il avait entendu encore plus de théories. On employait des mots tels que « cabale ».

— Fous-toi de moi une fois : honte à toi, dit la femme bleue à sa cadette. Fous-toi de moi deux fois, honte à moi.

Il n'avait pas été le seul homme dans le bâtiment, en fait, car en partant, il convergea avec Jason en direction de l'entrée du personnel.

Jason bavarda avec lui tandis qu'ils traversaient la rue pour rejoindre leurs voitures, lui demanda dans quel coin de la ville il habitait. Gil expliqua qu'il avait un grand jardin à côté d'un wash situé dans un parc public, et que de nombreux oiseaux sauvages le traversaient.

Par exemple, il y avait une paire de grands géocoucous, dit-il en levant sa clé électronique qui déverrouilla sa voiture en émettant un petit « clic ». Les crêtes au sommet de leur tête se dressaient et fléchissaient comme une main pleine de doigts.

— Véridique : ils sont de la famille des coucous, affirma Jason.

— Ah bon. Ce sont des coucous ?

— Et ils gardent le même partenaire toute leur vie.

Jason le salua maladroitement et entra dans son minivan.

Sur le chemin du retour, Gil songea au fait que les gens aimaient dire cela au sujet des autres animaux. Ils gardent le même partenaire toute leur vie, s'extasiaient-ils avec suffisance.

Comme si le fait de se mettre en couple pour la vie était un trait de prudence et de droiture morale dénotant une formidable retenue sexuelle.

Un trait que seules quelques espèces au sein du règne animal avaient la chance de partager avec leurs supérieurs, les humains.

Mais les humains ne le faisaient plus beaucoup. La directrice du refuge lui avait appris que quarante-quatre pour cent des mariages se soldaient par un divorce. Et ce chiffre ne faisait que croître.

Divorçons ! s'écriaient partout les couples avec entrain.

Entendre ces statistiques lui avait permis d'éprouver un vague soulagement quant au fait d'ordinaire lugubre de ne s'être jamais marié.

Il avait souhaité se marier, mais pas Lane.

— Alors, comment ça se passe à l'école ? demanda-t-il à Tom dans le salon de la maison de verre.

Tom haussa les épaules et se mit à bouger les yeux dans tous les sens. Gil était venu voir s'il voulait faire du skateboard, vu que le ciel était couvert, le soleil voilé. D'une teinte argentée métallique.

Il trouva que Tom était pâle. Était-ce cela ? Tom paraissait différent. Gil n'arrivait pas à mettre le doigt sur ce qui avait changé.

Finalement, Tom dit oui, il voulait bien sortir.

Mais il resta silencieux et avança en roue libre. Les épaules tombantes. Gil n'insista pas. Tous deux tâchèrent de faire comme si de rien n'était.

Signes de dépression chez les enfants, disait l'un des sites web qu'il consulta. *Retrait social. Fatigue. Manque d'énergie.*

Avec toutes les heures de déprime qu'il avait connues lorsqu'il était enfant, il aurait dû pouvoir se passer d'un moteur de recherche.

Mais voir cette liste était à moitié rassurant. De nombreuses entrées ne correspondaient pas aux émotions de Tom.

C'était une nouvelle école, après tout.

Ardis frappa à la porte coulissante qui menait à la terrasse. Elle tenait une petite cruche dans une main, celle qu'elle utilisait pour verser de l'eau sucrée dans la mangeoire des oiseaux.

Il ouvrit la porte et l'invita à entrer, mais elle lui dit qu'elle avait de la nourriture sur le feu, alors ce fut lui qui sortit la rejoindre dehors, sur les dalles.

— Hé, t'es pas d'humeur pour un rencard, si ? lui demanda-t-elle en décrochant la mangeoire vide sur la branche.

Il émit un « hum » et haussa les épaules. Sans doute était-ce une façon de décrire la situation.

— Je sais, dit-elle d'un ton empreint d'empathie. Ça ne regarde que toi. Ce n'était pas un traquenard, promis. J'ignorais que Sarah serait là. À l'aquarium. Je n'avais pas prévu qu'on tombe sur elle ce jour-là. Et puis ensuite, tu lui as plu, c'est tout.

Il ne savait pas quoi répondre. Le problème n'était pas Sarah. Elle était sympathique. Était une personne chaleureuse et accomplie. Impressionnante, même. Chirurgienne.

Et puis elle avait un cou gracile. De belles épaules. Elle était jolie, à vrai dire.

— Eh bien. Avec elle, en particulier, je serais inquiet..., commença-t-il. Je serais inquiet qu'il y ait des complications. Des faux pas. Tu sais... la vexation. La triangulation.

Quand il était sincère, il avait dû mal à s'exprimer.

— Je comprends. Vraiment.

— Parce que vous êtes mes voisins, ajouta-t-il. Mais aussi mes amis.

— Oui, en effet.

Elle posa sur lui un regard interrogateur, à moitié triste. Et puis elle tendit le bras et attrapa doucement son poignet.

Son regard passa de mélancolique à quelque chose qu'il ne parvint pas vraiment à définir.

Elle tourna les talons pour partir.

— On peut faire de son mieux et échouer malgré tout, dit-il au bout d'un moment, à son dos.

Elle était déjà au pied des marches, sans doute trop loin pour entendre.

— On peut faire de son mieux toute sa vie.

Il n'avait pas prévu de dire cela.

Il balança ses tongs de l'autre côté des portes coulissantes et regagna lourdement son repaire, sans trop savoir quoi faire. Ouvrit un meuble de rangement d'où il sortit une enveloppe. Regarda les photos de sa mère et de son père, sur lesquelles il était un nourrisson, un bambin.

Il n'avait jamais rangé les clichés dans un album – quand ses parents étaient morts, il avait été trop jeune pour le faire, et ensuite, il avait été trop vieux.

Alors ils reposaient dans une enveloppe en papier kraft.

On le voyait sur un portrait de famille. Sa mère et son père étaient jeunes et portaient des vêtements à carreaux années 1970, avaient tous les deux les cheveux châtain foncé et des visages frais. Lui était joufflu. Il devait avoir quatre ans. La photo avait très bien pu être prise peu de temps avant l'accident.

Le décor était d'un bleu froid de faux ciel.

Il étudia leurs yeux et leurs bouches comme il l'avait toujours fait – leurs yeux dirigés au-dessus de la tête du photographe, leurs sourires. Le petit garçon entre eux ne souriait pas.

Il pensa ce qu'il avait toujours pensé lorsqu'il sortait ces photos : qu'il ne les avait jamais connus.

Derrière ces visages se trouvaient des inconnus.

Il songea à ce qu'il avait dit au dos d'Ardis. *Faire de son mieux toute sa vie.* C'était quoi, ça ? Il s'apitoyait sur son sort. Ni plus ni moins.

Sa phrase signifiait simplement qu'on attendait un changement surprenant, un renversement excitant, tout en demeurant la personne qu'on avait toujours été.

Il se représenta des foules qui persévéraient. Avec conviction. Qui étaient elles-mêmes avec une persévérance tenace.

Pourtant, pendant tout ce temps-là, ces gens espéraient être interrompus par un événement inattendu – la délivrance.

Ils rêvaient d'être soulevés dans les airs. De se retrouver propulsés, ivres de joie, au-dessus de pics scintillants.

Tout là-haut, dans les airs étincelants.

Gui

Les après-midi, il observait Tom qui rentrait à la maison, qui remontait la rue depuis l'arrêt de bus. Un gros sac à dos distendu pendouillait sur son dos, et ses minces épaules ployaient sous son poids.

Sa posture avait changé. Il traînait les pieds en marchant. Disparaissait pendant de longues périodes dans sa chambre. Dans le jardin, son sac de frappe inutilisé pendait à l'arbre, son vinyle rouge décoloré en rose et craquelé par le soleil.

Il se demanda ce qu'en pensait Ardis. Elle avait dû remarquer. Elle devait être inquiète également.

Mais il n'arrivait pas à lui poser la question. N'arrivait pas vraiment à lui dire : Je trouve que ton fils est déprimé.

Il n'était pas psychologue. N'était même pas parent.

Doublement non qualifié.

Pourtant, quelque chose en lui avait mal lorsqu'il regardait Tom. Il en rêva. Dans l'un de ces rêves, un petit garçon était mélangé avec un oiseau. La partie inférieure de son corps s'amenuisait et prenait l'aspect de pattes d'oiseau, ses jambes d'humain disparaissaient.

Dans un autre, Tom mincissait à vue d'œil, entouré d'une foule d'autres garçons. La foule grossissait de plus en plus, jusqu'à ce que Gil ne le retrouve plus parmi elle.

Il remarqua de nouveaux oiseaux qui ne lui étaient pas familiers à la cime des arbres. Vit leurs silhouettes. Les mâles étaient noir de jais et leur tête était ornée d'une crête, tandis que les femelles étaient gris cendré.

Leur survie dépend d'une unique baie, expliqua Jason quand Gil lui décrivit les oiseaux.

Jason était féru d'ornithologie.

Les baies rouges étaient les fruits d'une espèce de plante appelée gui du genévrier, dit-il. Gil en avait vu dans son jardin : une masse vert olive de tiges qui jaillissaient comme des touffes d'herbe sur les branches des arbres endémiques.

Après avoir consommé les baies, les oiseaux excrétaient les graines sur les branches d'autres arbres. C'est ainsi que le gui se reproduisait.

Sans les oiseaux, le gui s'éteindrait, et sans le gui, les oiseaux disparaîtraient aussi.

Phénopèple. Voilà comment s'appelait cet oiseau.

Pour certains jardiniers, le gui était un parasite qu'il fallait arracher avant qu'il ne tue ses hôtes, poursuivit Jason. D'autres recommandaient de le laisser.

Ils disaient que les oiseaux, les arbres et le gui vivaient en une symbiose complexe. Qui durait depuis des milliers d'années.

Tom avait peut-être besoin de se changer les idées, pensa Gil. Il alla donc le trouver. Il était tout seul dans le salon de la maison de verre et jouait à la console.

Ses pouces s'activaient sur la manette. Sur l'écran, un avatar qui faisait du skateboard s'envola dans les airs et tomba violemment dans une cuvette en béton.

Une radiographie rouge apparut. Les os cassés de son avatar. Une cheville était brisée en deux. Et un fémur.

— Ouille, s'écria Gil. Violent.

Il fit la grimace.

— Ouais, mais pas autant qu'un tireur. J'ai pas le droit d'être un tireur.

— Il paraît, oui.

— C'est bête. J'ai demandé pourquoi et ils m'ont répondu : idéation. Ça veut dire avoir des idées.

— C'est ça, oui. Des idées où tu tires sur les gens, sans doute ?

— Ils croient quoi ? Que je vais jouer à un jeu et qu'ensuite je vais devenir l'un de ces tarés qui tuent des gens dans des écoles ?

— J'imagine que c'est plutôt que tu imagineras des trucs trop souvent. Du point de vue du tireur. Tu sais, des images violentes. Ce que disent les gens, c'est que ces images ne sont pas géniales en soi. Que c'est pas génial de les avoir trop dans la tête.

— C'est bête.

Tom secoua la tête.

— J'ai un service à te demander, dit Gil.

— Quoi.

Monotone.

— Je me demandais si tu pourrais m'apprendre à faire du skateboard.

— Tu veux apprendre à faire du skate ?

Tom était suffisamment surpris pour lever la tête.

— Ben, je suis bien trop vieux pour prendre des cours avec des pros. Ce serait humiliant.

Tom retourna aux boutons de sa manette.

— J'ai une planche en plus, dit-il au bout d'une minute. Mais mon casque ne t'ira pas.

Gil répondit qu'il pouvait prendre son casque de vélo.

Tom lui parla de figures. Pop shove-it, ollies. Gil dit qu'il se casserait le cou s'il essayait. Il avait quarante-cinq ans ! Il voulait juste apprendre à pousser correctement.

Alors ils s'équipèrent et Tom l'emmena dans l'impasse. Une voisine que Gil ne connaissait pas était en train de garer sa voiture dans son allée. Elle les fusilla du regard en déchargeant ses courses. Cheveux blonds frisés coupés au carré.

Tom montra à Gil comment mettre ses pieds sur la planche.

— Quand tu mets ton pied gauche derrière, ça s'appelle un goofy[1], lui apprit-il. La plupart des gens ne roulent pas en goofy. Toi par exemple, t'es pas un goofy.

— Ça, c'est sans doute une question de point de vue.

D'ordinaire, Tom rigolait à ses blagues vaseuses. Pas aujourd'hui.

— Je parle de ton pied gauche.

— Comment ça va, à l'école ? demanda Gil qui essayait de trouver son équilibre.

— Ça va, répondit Tom.

Mais son visage se ferma.

— Euh. Garde ton pied arrière sur la visserie.

La voisine était ressortie et fit claquer la porte de son SUV. Elle se retourna et les fusilla de nouveau du regard.

— Hé, bonjour ! lança Gil, qui dut se faire violence pour la saluer.

Il descendit maladroitement du skate, lequel continua à rouler doucement avant de heurter le bord du trottoir.

— Je m'appelle Gil. La vieille maison sur le promontoire, là-bas. Et là, c'est Tom. Il habite à côté, dans la maison de verre.

1. Ce mot signifie « bêta », « maladroit ». *(Toutes les notes sont de la traductrice.)*

— Je vous ai déjà vu faire ça. Mais cela va à l'encontre des règles, dit-elle d'un ton irrité.

— Les règles ?

— Le règlement. L'association des habitants du quartier.

— Ha !

Il n'avait pas lu le règlement. Avait laissé ces documents aux juristes.

— Faire du skateboard constitue une violation du règlement.

— Oh. Ça vous dérange ?

— Là n'est pas la question. Nous sommes une communauté. Et nous avons des règles.

Elle lui tapait sur les nerfs.

— Il existe une règle sur les paniers de basket aussi, expliqua Tom à Gil. T'as pas le droit d'en avoir un dans ton allée.

— Je vois.

Gil se tourna de nouveau vers la femme.

— Désolé. Pourriez-vous me rappeler votre nom ?

— Ellen.

— Ellen. Enchanté de faire votre connaissance. Écoutez, je n'avais pas bien saisi le règlement. C'est de ma faute. Nul n'est censé ignorer la loi. Je vais me mettre au parfum. Mais est-ce que cela vous dérange ? Parce que c'est super pour nous. De venir ici. Il n'y a pratiquement pas de voitures. Vous comprenez ?

La femme croisa les bras sur sa poitrine.

— Je n'ai pas l'impression que vous me compreniez, rétorqua-t-elle.

C'était littéralement l'impasse.

— Viens, on rentre, dit Tom tout bas. De toute façon, c'est gâché maintenant. Elle a tout gâché.

Ils prirent leurs planches et s'en allèrent.

— C'est une communauté, l'imita Tom lorsqu'ils arrivèrent dans l'allée de Gil.

Gil sourit, partagé. Dans l'absolu, il fallait apprendre aux jeunes à respecter les règles. Et pourtant, voilà. Il était en train d'apprendre au jeune Tom à les enfreindre.

Mais tout de même. Il regrettait que Van Alsten ne soit pas à ses côtés. Prêt à faire usage de sa grossièreté.

— Au temps pour moi ! J'ignorais cette règle.

— Cette règle est méchante. Et cette dame aussi.

— Hé. On trouvera une solution. Un skate park, peut-être. Je sais que tu es intimidé par les grands. Mais peut-être que j'en trouverai un où il n'y a personne.

Une année – lui et Lane n'avaient pas encore trente ans –, ils avaient envoyé une lettre type en guise de carte de vœux. Lane était chroniquement agacée par toutes les longues lettres poussives de Noël qu'elle recevait de la part de sa famille élargie.

C'était devenu une tradition pour elle de lire les pires passages à voix haute. Des comptes rendus détaillés des activités sportives des enfants, avec des descriptions précises des matchs. Des lignes et des lignes sur les travaux de rafraîchissement dans les maisons des uns et des autres. Trois paragraphes sur l'opération d'un oignon qu'avait dû subir une grand-tante, avec des photos avant/après. Une liste des groupes de danse folklorique dans les Appalaches. Le CV du cousin ado brillant comme le soleil.

Quatre universités d'élite l'avaient accepté, disait le courrier. S'ensuivait le nom de chaque établissement. Et aussi, les Jeunes Républicains.

Ils avaient écrit leur propre lettre type ensemble. Avec l'aide de toute une bouteille ou presque pour Lane, et de deux cocktails pour lui.

Chers amis et chère famille. Cette année, nous ne nous sommes pas fiancés. Nous n'avons acquis aucun animal de compagnie et n'avons pas produit d'enfant. Nous n'avons acheté ni voiture ni maison. Nous n'avons pas pris le forfait tout compris. Nous n'avons pas rejoint le club. Nous n'avons pas commandé le menu spécial. Nous n'avons jamais multiplié nos miles.

Nous avons connu quelques disputes, c'est vrai.

Il y a tant de choses que nous n'avons pas vues. Que nous ne savions pas. Que nous n'avons pas comprises.

Parfois, nous avons énormément bu.

Bonnes fêtes à tous ! Bisous, Lane et Gil

Leur lettre n'avait pas reçu un accueil enthousiaste.

Van Alsten lui téléphona. Il ne remarqua pas tout de suite son message car il en recevait si peu qu'il avait cessé de consulter son répondeur. Le temps qu'il s'en aperçoive, qu'il écoute et rappelle, une journée entière s'était écoulée.

— Connie est malade, annonça Van Alsten.

— C'est grave ?

Van Alsten expliqua qu'il lui fallait un rein. Étonnamment, il s'était révélé compatible. Alors il allait lui en donner un.

Ses reins n'étaient pas en condition optimale, dit-il. Mais Connie n'avait rien de mieux.

Elle n'avait même pas voulu que leurs enfants soient testés. Même s'ils avaient tous les deux proposé de le faire.

Ce sont vraiment de bons enfants, pensa Gil.

— Je n'avais pas compris qu'elle avait des problèmes de santé, dit-il.

— Elle n'aime pas que j'en parle, répondit Van Alsten.

Un homme en colère vint au refuge. Le mari de Lori, le vétéran aux allures d'ours. Elle avait oublié d'éteindre les données de localisation sur son téléphone.

Et il voulait récupérer son chien.

Le foyer n'acceptait pas les animaux, alors le chien était chez une amie. Peut-être que le mari l'ignorait. Lorsque Lori et sa fille avaient quitté leur maison, elles avaient aussi emmené le chien. Le mari lui donnait des coups de pied et l'animal avait deux côtes cassées.

Le mari pleura dans le jardin. Il pleura et cria, cria et pleura. Il dit qu'il n'avait pas eu l'intention de faire de mal au chien. Il dit que le chien était tout ce qu'il lui restait.

S'il te plaît, s'il te plaît, s'il te plaît, répétait-il. Plus jamais il ne ferait de mal à son chien.

Gil observait la scène depuis une fenêtre avec Lori, tandis que d'autres occupaient les enfants dans la salle de jeux. La règle dans ce genre de situation était que les pensionnaires et les membres de l'équipe restent barricadés à l'intérieur du bâtiment en attendant la police, mais Gil s'aperçut qu'il avait terriblement envie de sortir. Dut faire un effort pour réprimer cet élan.

Il avait envie de prendre l'homme aux allures d'ours par les épaules et de lui dire : Je suis désolé que vous ayez dû faire une guerre. Je suis désolé que vous ayez cassé les côtes de votre chien. Je suis désolé pour tout.

Lorsque l'homme n'eut plus d'énergie, il s'assit sur l'herbe sèche. Enfouit son visage dans ses mains. Une voiture de police se gara, gyrophares allumés mais sans la sirène.

C'était un quartier résidentiel, et le refuge avait demandé qu'ils fassent preuve de discrétion.

Les policiers le poussèrent sur la banquette arrière et s'en allèrent.

Ardis décida d'organiser une pendaison de crémaillère. Gil était impressionné qu'elle connaisse assez de monde pour cela, étant donné qu'ils venaient d'arriver du Colorado.

Essentiellement des collègues. De leurs bureaux respectifs, expliqua Ted.

Avant la fête, Ardis dut demander à l'association des voisins une autorisation pour que les convives puissent se garer dans la rue. Elle dut également prévenir les voisins. Elle convainquit Gil et Tom de faire le tour du pâté de maisons avec elle afin de prévenir les gens qu'il y aurait du bruit. Et que de nombreuses voitures se gareraient.

Et puis aussi pour les inviter, dit-elle.

— On est obligés d'inviter la méchante dame ? demanda Tom.

— Plus ils sont méchants, plus il faut les inviter, répondit-elle.

— C'est pas juste, protesta le garçon.

— Mais c'est stratégique, répliqua sa mère.

Ils firent du porte à porte, et quand les voisins n'étaient pas chez eux, Tom glissait une invitation sous leur porte.

Jason se comportait de manière imprévisible, murmura l'équipe. Il avait commencé à rater des permanences en prévenant trop tard pour qu'on puisse trouver des remplaçants disponibles. Exception faite de Gil, qui répondait toujours présent à la dernière minute.

Ou alors il arrivait des heures en avance et traînait dans la cuisine, où il dévorait les denrées alimentaires du foyer rigoureusement rationnées pour des questions de budget.

Il était bénévole depuis deux ans. Fiable. La coordinatrice rechignait à prendre des mesures.

— Peut-être pourriez-vous lui parler, suggéra-t-elle à Gil. De façon non officielle ?

— Je ne sais pas comment parler officiellement. Alors ça devrait marcher.

Jason était attablé dans la cuisine avec une miche de pain entamée. Il était occupé à étaler du beurre de cacahuètes sur trois morceaux.

— Faim, dit Jason.

— Un homme a besoin de manger, concéda Gil.

Il pourrait peut-être se concentrer sur la dimension « homme ». Étant tous les deux des hommes, ils avaient un élément en commun.

Mais rien de ce genre ne lui vint à l'esprit.

Jason prit un premier morceau de pain badigeonné et se mit à grignoter la croûte, en le faisant tourner rapidement jusqu'à ce que le contour ait entièrement disparu.

— Au fait, ces oiseaux noirs, ils s'appellent comment déjà ? Ceux qui mangent les baies du gui ?

— Phénopèples, répondit Jason la bouche pleine.

— Ah, oui, voilà ! Je me souvenais que c'était un mot à rallonge.

— Phénopèple luisant. Des œufs ravissants. Roses et mouchetés.

Il replia le pain décroûté en carrés plus petits et enfourna l'ensemble dans sa bouche. Ses joues se gonflaient tandis qu'il mastiquait.

— Est-ce que tu sors beaucoup ? demanda Gil. Tu aimes aller observer les oiseaux dans le Sud, n'est-ce pas ? C'est quoi, déjà, ton spot préféré ? Madera Canyon ?

— Je ne peux pas. Susan ne me laisse pas.

— Susan ?

— Ma sœur.

— Ta sœur ne te laisse pas voyager ?

— Elle m'oblige à veiller en permanence sur notre mère.

— Tu t'occupes de ta mère ?

— Paralysée. Suite à une attaque.

— Je suis navré. C'est très rude.

— Elle refuse que je la place dans une résidence médicalisée, expliqua-t-il tout en continuant à grignoter. Elle dit que c'est de la maltraitance envers les personnes âgées.

— Ta sœur aide aussi ?

— Elle habite dans l'Indiana.

— Ah.

— J'ai le droit de sortir uniquement pour travailler.

Il était programmateur informatique.

— Ou pour faire des choses comme ça. Du bénévolat. Une assistante à domicile vient.

— Oh là là, c'est strict comme règles pour un adulte.

— Et Susan a installé des caméras partout.

— Des caméras ?

— Pour s'assurer que je ne ramène pas de femmes à la maison.

Sa mère était une mormone pratiquante, expliqua-t-il. Elle serait contrariée s'il faisait venir des femmes non mariées chez eux.

Gil réfléchit quelques instants.

— Ça me paraît injuste.

Jason mastiqua. Des larmes coulèrent de ses yeux.

— Écoute, dit Gil. Je crois qu'il faudrait peut-être que tu changes ta situation. Que tu la changes un peu.

— Je ne peux pas ! s'écria Jason en avalant un morceau.

Il s'étrangla, mais reprit le dessus.

— Je ne peux pas ! Elle ne me laissera pas faire !

— On va y travailler. D'accord ? On va en discuter.

Jason hocha la tête.

— Je crois que t'as eu ta dose de protéines. Et de glucides. Bien joué. Allons nous asseoir un peu. Ici. Je vais ranger la miche de pain.

Lane avait rompu deux fois avec lui. La première fois, au bout de deux ans seulement. Il avait alors quitté la ville. Et l'État et le pays.

La fuite. Un galop d'essai pour la suite, voyait-il à présent.

Il l'avait autorisée à rester vivre chez eux – Hadley, son conseiller financier, lui avait recommandé d'investir dans l'immobilier à Manhattan, alors il avait acheté un appartement après avoir sous-loué –, et avait fui jusqu'en Amazonie.

L'idée lui plaisait bien. La jungle avait une certaine réputation.

Là-bas, il avait dormi dans une tente sur une plateforme en bois et avait aidé des locaux et des hippies bien intentionnés du Vermont à monter un projet de petite ferme bio et d'écotourisme. Comme d'autres initiatives similaires, ce modèle de ferme à usage mixte et de récolte de produits de la forêt devait contribuer à dissuader les gens de ratiboiser et de brûler la jungle tropicale équatorienne. D'élever du bétail pour confectionner des burgers.

Cela ne fonctionna pas.

Une « alternative durable à la liquidation forestière », avait-il entendu l'une des personnes du Vermont dire au P.-D.G d'une entreprise de fast-food.

Le P.-D.G avait toussé dans sa main, caché un sourire narquois.

Il était venu en hélicoptère. Avec une équipe de tournage pour documenter ses activités philanthropiques.

Pour ses actionnaires les plus progressistes.

Dans la forêt équatoriale, Gil n'avait pas de réseau et pas d'ordinateur. Il travaillait sur les systèmes de compostage des déchets et sur les plantations. Certains jours, il était assigné à l'entretien des sentiers et se frayait un chemin dans la végétation à l'aide d'une machette émoussée. C'était la pire de ses missions. Il avait beau porter un filet sur son visage, il était assailli par les moustiques.

Il était trempé en permanence et recouvert d'un film de sueur et de terre. Pour se doucher, il accrochait un sac rempli d'eau à un arbre, trouait le plastique avec un couteau à lame rétractable puis restait en dessous.

Le soir, il s'endormait souvent tôt dans sa tente, pendant que les gens du Vermont chantaient autour d'un feu de camp. Il avait dû entendre une centaine de versions de *This Land Is Your Land*[2]. Parfois, en écoutant, il avait la gorge nouée par l'émotion.

À d'autres occasions, il aurait aimé qu'ils changent de disque.

Il rêvait rarement mais tournait et se retournait sous sa tente, se réveillait tôt au son assourdissant des cigales qui faisaient autant de boucan que des tondeuses à gazon.

Il voyait des scarabées longs comme la main, et un jour, une araignée dite « vagabonde ». D'après les gens du coin, son venin pouvait entraîner un priapisme. Lequel menait à l'impuissance.

Il ne fut pas mordu.

Chaque semaine, un bénévole allait chercher le courrier, distribué dans une ville à une heure de bateau fluvial. Au bout de quelques mois, il avait reçu une lettre de Lane.

2. Morceau que le chanteur folk américain engagé Woody Guthrie a écrit pendant la Grande Dépression afin de proposer une autre version du patriotisme que celle du très célèbre *God Bless America*, que d'aucuns considèrent comme une sorte d'hymne officieux des États-Unis.

Elle avait réfléchi. Il pouvait rentrer à la maison, s'il le souhaitait.

Il resta généreusement un mois de plus : il avait sa fierté.

Il s'était alors habitué aux piqûres de moustiques, et même aux cigales qu'il n'entendait pratiquement plus.

Mais il finit par retourner auprès de Lane.

Il y eut du monde à la soirée organisée par Ardis.

Il amena de la nourriture : des brochettes de tofu avec de la sauce cacahuète, des légumes grillés et des samoussas qu'il avait appris à confectionner avec Rajiv.

À la demande de Tom, il essayait de ne pas cuisiner de viande. Pour aider les animaux, disait le garçon, et réduire leur empreinte carbone. Le bœuf était le pire, lui apprit-il. Quinze pour cent des émissions de gaz à effet de serre. Au moins.

Il aida Ardis et Ted à mettre les choses en place, puis rentra chez lui se laver et se changer. Habillé de frais, il passa une tête dehors : des voitures étaient stationnées dans toute la rue.

Il reconnut l'une d'elles – le minivan de Jason. Il se distinguait par son embâcle d'autocollants en lien avec les oiseaux.

Et voilà qu'il apercevait l'homme en personne, qui remontait l'allée en trottinant.

— J'ai réussi ! s'exclama-t-il en arrivant devant sa porte à bout de souffle.

Il se pencha et posa ses mains sur ses genoux, toussa et haleta, puis se redressa. Il portait un tee-shirt rouge vif orné d'une paire de jumelles et des mots : JE PEUX PAS PARLER, OISEAUX EN VUE. Ainsi qu'une banane en nylon.

— Tu as réussi ?

Il ignorait comment Jason avait obtenu son adresse.

— J'ai trouvé un endroit pour ma mère !

Une fois devant le bar du salon, Jason accepta une bière faiblement alcoolisée, que Gil gardait sous la main – vieux réflexe de barman.

Bien que Jason ne soit mormon que de loin, expliqua-t-il, il avait gardé l'habitude de ne pas boire.

Il parla de la résidence qu'il avait trouvée. Elle disposait d'une piscine couverte. Et d'une navette qui proposait des excursions.

— Et ta sœur ? Comment vit-elle les choses ?

— Elle ne m'adresse plus la parole.

Il était fébrile. Rebelle, il avait éteint les caméras.

— Eh bien. Ok. Tu vas pouvoir souffler, dit Gil.

Il ne pouvait pas laisser tomber Jason. Pas dans ce moment de triomphe.

— Mes voisins organisent une fête.

Il posa sa boisson et sortit sur la terrasse, suivi par Jason. Instantanément, des éclats de voix et de rires s'amplifièrent.

La maison de verre grouillait de monde – on aurait dit la salle d'attente d'un aéroport.

— Cette maison-là. Tu veux venir avec moi ?

Et donc Jason se joignit à la fête, bière faiblement alcoolisée et banane incluses.

Alors qu'il se faufilait entre les convives pour aller chercher une bière, Gil crut identifier les collègues : vêtus pour impressionner, les hommes en veste et les femmes en robe longue. Les voisins portaient des tenues plus décontractées. Un type arborait des sandales et un bermuda.

Les groupes formaient des cliques et ne se mélangeaient pas.

— Gil, salut ! le héla-t-on.

C'était Sarah, qui se glissait entre les voisins.

Elle souriait en tenant un verre rempli d'un breuvage jaune. De la citronnade. Ou une margarita.

Il fut étonné. Étonnamment heureux qu'elle soit là.

Il dut se rappeler ce qu'il savait déjà : que l'attrait de Sarah avait sa place dans un compartiment. Et ne l'impliquait pas lui.

Jason se tenait tout près de lui, contre son flanc. Un compagnon de drague en manque d'assurance.

— Je te présente Jason, dit-il à Sarah. Nous sommes tous les deux bénévoles au foyer. Il est venu dire bonjour.

Jason fit passer sa bière faiblement alcoolisée dans sa main gauche pour serrer la main à Sarah.

— C'est blindé ici ! lança celle-ci. J'ai l'impression de devoir hurler pour qu'on m'entende. Allons chercher des trucs à grignoter et voir comment c'est dans le jardin.

Des ados se tenaient sur la terrasse derrière la maison, dans un silence embarrassé – Clem et trois autres filles de son âge, toutes vêtues d'un *crop top* et d'un jean. Elles étaient assorties. Maigres et trop maquillées, crayon noir sur lèvres violettes. Appuyées contre la rambarde en bois, leur ventre nu et concave captant la lumière. Au premier plan. Elles menaient avec leur ventre.

Les filles scrollaient sur leurs téléphones protégés dans des coques pailletées et parsemées de brillants. Clem ne semblait pas les connaître.

— Gil ! s'écria-t-elle.

Elle n'avait jamais semblé aussi heureuse de le voir.

— Je te présente Clem, dit-il à Jason. Elle vit ici. Clem, c'est Jason, du boulot. Celui pour lequel je ne suis pas rémunéré.

Clem détourna le regard de Jason. Tira Gil par le bras pour le prendre à part en se penchant tout près de lui.

— Je ne sais pas quoi faire, confia-t-elle tout bas d'un ton désespéré. Je suis censée genre les divertir. Mais qu'est-ce qu'on pourrait bien faire ?

Il réfléchit quelques instants.

— Tu pourrais les emmener chez moi, si tu veux. Il y a quelques flippers dans ma cave. Je les collectionnais quand j'étais plus jeune.

C'était à la fac. Son unique extravagance, quatre ans après sa première rencontre avec ses administrateurs. Il y avait quelque chose dans le côté coloré de ces machines, si différentes de la maison grise de son enfance. Avec leurs sons et leurs lumières, elles avaient été comme des fêtes qu'il pouvait posséder.

Rajiv et lui y avaient joué dans leur maison de location en dehors du campus, en troisième et quatrième année. Tard le soir, en buvant beaucoup de bière.

— Oh, je sais pas, répondit Clem.

— Je vais leur proposer. Si mon idée ne leur plaît pas, c'est moi qui aurait l'air naze. Pas toi. Donne-moi une minute. Que ça semble spontané.

Jason parlait à Sarah des migrations saisonnières. Il pointa le doigt vers le wash derrière les jardins, qu'il qualifia de « route de migration mineure ».

Sarah l'écoutait poliment. Dit qu'elle-même adorait les animaux. Quand elle était petite, elle rêvait de devenir biologiste marine. Mais elle n'y était pas parvenue – elle s'était en quelque sorte égarée. Et avait fini chirurgienne.

Jason hocha la tête avec solennité. Reconnaissant son échec.

Une fois Clem occupée à scroller sur son téléphone comme les autres filles, Gil annonça que sa cave disposait de quelques aménagements. Il y avait un mini-frigo avec des boissons et des snacks. Et si quelqu'un jouait au flipper, il y avait des machines vintage. Trois dataient des années 1980. L'une d'elles était ornée du visage de William Shatner.

— C'est qui, William Shatner ? demanda une fille qui avait un petit brillant dans le nez.

Sur le ton de la provocation.

— L'acteur de *Star Trek* ? Qui jouait le rôle du capitaine Kirk ?

Elle le regarda d'un air ahuri.

— Le type au visage ramolli. Qu'on voit dans les pubs Priceline, ajouta Sarah.

Même air ahuri.

Une autre fille dit que le flipper, c'était pas si pire. Mieux que rien, en tout cas. Et donc, elle était où, sa cave ?

— Clem, tu pourrais les emmener ?

Elle lui sourit à peine, mais tout de même : mission accomplie.

— Attends ! lança-t-il au moment où elles partaient. T'as vu Tom quelque part ?

Elle secoua la tête. D'autres chats à fouetter.

Il brava de nouveau l'intérieur de la maison, se frayant un chemin à travers la foule. Dans la cuisine il aperçut Ellen, l'opposante à la pratique du skateboard, qui rongeait le côté d'une brochette de tofu comme si c'était un épi de maïs.

Il s'engagea au cœur de la maison, en direction de la chambre de Tom. Frappa à la porte. Pas de réponse.

— Hé, Tom ? C'est juste moi, Gil. T'es là ?

Quand la porte s'ouvrit, Tom avait des écouteurs dans les oreilles. Ils pendouillaient mais n'étaient connectés à aucun appareil. Il avait l'air d'une proie.

— J'espérais que tu te joindrais à la fête. Je ferai en sorte que la méchante dame ne t'approche pas.

Tom secoua la tête.

— C'est pas ça, le problème.

— Ah non ? Alors qu'est-ce que c'est ?

— Eh ben. J'ai pas envie.

Pourtant, Tom avait préparé des pancartes pour la fête. TOILETTES ->. CHAMBRE DE CLEM X PRIVÉ ENTRÉE INTERDITE.

Il avait paru impatient d'accueillir du monde. Il aimait faire la visite guidée de la maison. Montrer des choses aux gens.

— Est-ce que quelque chose d'autre te dérange ?

Tom battit en retraite dans sa chambre. Gil entra en refermant la porte derrière lui.

— Y a cet enfant, marmonna Tom. Du bus scolaire.

— Il te pose problème ?

Tom n'était pas à l'aise. Les épaules voûtées. Tout agité.

— Il fait des trucs.

— Quels trucs ? Tu peux me raconter.

— Ben, d'abord, il a donné des coups de pied dans mon siège. Il était derrière. Mais très fort. Il n'a pas arrêté de le faire. Ça m'a secoué pendant tout le trajet.

— Est-ce que tu lui as demandé d'arrêter ?

— J'ai essayé. Mais il me souriait, c'est tout. Et puis y a eu les élastiques. Il les faisait claquer très fort. Sur ma tête.

— Est-ce que tu en as parlé au chauffeur du bus ?

— Clem dit que ce sont les nazes qui cafardent. Et toi aussi.

— Ah bon ?

— T'as dit que c'était pas digne de moi. De balancer sur les gens.

Merde.

— Tom. Je n'aurais pas dû présenter les choses de façon aussi simpliste. Je parlais juste de toi et de Clem. La relation frère/sœur.

— Ensuite, y a eu les trombones. Il les déplie. Et te poignarde avec.

Il a penché la tête et enlevé sa capuche pour exposer sa nuque.

De gros amas de trous très rouges. De la peau boursouflée. Du pus.

Ses plaies étaient sérieusement infectées.

— Bon sang, Tom !

— Si je m'assieds quelque part, il s'assied derrière moi. Il monte dans le bus juste après moi. Le matin. Le bus est pratiquement vide à ce moment-là. Si je me déplace, il me suit. Parfois il les enfonce dans les trous existants. C'est ce qui fait le plus mal. Une fois, j'ai quasi hurlé.

— On va s'occuper de ces blessures. Et de lui.

— Il habite pas loin. On a forcément dû l'inviter !

— En as-tu parlé à tes parents ?

— Ils sont occupés. Et tu m'as dit de pas moucharder.

Voilà qu'il était rattrapé par la réalité. S'être substitué aux parents de Tom était dangereux.

— Tu dois leur en parler, d'accord ? Et il faut mettre quelque chose sur ces plaies. Un antibiotique. Je vais chercher ça dans l'armoire à pharmacie.

Tom hocha la tête. À contrecœur.

— Tu connais son nom ?

Il secoua la tête.

— Montre-le-moi. Viens et montre-le-moi.

— Et s'il me voit ?

— Je suis là.

Lentement, Tom ôta ses écouteurs et les balança sur son lit.

Ils allèrent dans la grande pièce. La foule s'était déversée dans le jardin.

— Il est pas ici, marmonna Tom.

Ils étaient à présent sur la galerie à l'arrière de la maison. Tom haleta soudain.

— Là ! Là ! s'exclama-t-il en inclinant la tête.

Sous l'arbre, un gamin tapait dans son sac de frappe. Pas une armoire à glace, juste un gamin.

— Ok, dit Gil. Tu peux retourner à la maison. Je reviens vite. Avec l'antibio.

Il descendit les marches et traversa la pelouse.

— Salut, dit-il à l'enfant. Je m'appelle Gil. Ami de la famille. Tu t'appelles comment ?

— Brad, répondit le garçon d'un ton maussade.

— Brad. Tu aimes les arts martiaux ?

— Nan.

— Tom si. L'enfant qui habite ici. C'est son sac de frappe. Il a dix ans. T'as quel âge ?

— Treize ans.

— Tu sais qui est Tom ?

Le gamin secoua la tête, continua de frapper.

— C'est celui du bus. Celui dans le cou duquel tu enfonces des trombones.

Le garçon s'arrêta au milieu d'un coup. Un ange passa. Puis il se remit à cogner.

Son attitude le trahissait. Si Gil n'avait pas déjà été convaincu.

Tom avait l'habitude d'enjoliver les faits, mais jamais Gil ne l'avait entendu mentir à proprement parler.

— Va falloir que ça s'arrête, en revanche. Tout de suite. C'est ta dernière chance. Avant que ça chie des bulles. Pigé ? Il ne veut pas te balancer. Il ne veut pas être ce genre de mec. J'ai vu ses plaies par hasard. Je l'ai obligé à me dire comment il s'était fait ça. Mais tu connais la politique des écoles sur le harcèlement. Tolérance zéro, n'est-ce pas ? Donc à partir de maintenant, dans le bus, à l'école ou autre, tu t'assieds pas derrière lui. Ou à proximité. Tu passes ton chemin, Brad. Je suis sérieux.

Son « chier des bulles » était regrettable. Contrairement à Van Alsten, il essayait de surveiller son langage en présence d'enfants.

Mais la situation l'exigeait, jugea-t-il.

Il fallait de l'impact. Dans cette situation.

Il tourna les talons et rentra dans la maison.

Il n'aimait pas se souvenir de la seconde fois où Lane avait rompu avec lui, mais à certains moments il ne pouvait s'en empêcher. Tard le soir, quand il essayait de s'endormir.

Pendant près de soixante heures par semaine, il travaillait comme bénévole dans une banque alimentaire du Queens, et elle faisait des journées à rallonge au bureau. Elle avait gravi les différents échelons de sa hiérarchie et était rédactrice en chef pour un magazine imprimé sur papier glacé détenu par un conglomérat de médias. Le magazine vendait du plein air.

Ou du moins, des activités de plein air : des aventures d'escalade, des triathlons, des expéditions au sommet de l'Everest. Des sports extrêmes et de l'équipement sportif haut de gamme.

Elle passait beaucoup de temps avec des athlètes connus, à qui elle payait des coups à boire et des dîners pour ses interviews. Elle et Gil se voyaient à peine. Il essayait de lui mettre la main dessus pour une soirée de temps à autre, mais elle était en permanence trop occupée.

Un matin, après qu'elle fut partie travailler, il avait décidé de se lancer dans un plaidoyer. Il fallait qu'ils reprennent le contrôle de la situation – vivre l'un à côté de l'autre sans se toucher. Elle lui manquait. Ne pouvaient-ils pas être de nouveau insouciants ?

Dans sa boîte mail, des vidéos en provenance de services photo qu'ils avaient utilisés étaient apparues : « Dix ans aujourd'hui. » Il la filmait beaucoup à l'époque où elle l'autorisait à le faire. On la voyait l'asticoter et sourire alors qu'ils n'étaient que tous les deux. Il avait capté des conversations avec des amis. Il y en avait une qu'il affectionnait tout particulièrement : elle skiait au cours d'un blizzard dans de la neige tourbillonnante au milieu d'une rue de New York.

Ils s'étaient promenés ensemble sur des skis de fond qu'une marque lui avait offerts et qu'elle avait ramenés du bureau. Ni l'un ni l'autre n'était particulièrement doué, mais il s'était montré plus maladroit qu'elle et avait renoncé à aller vite. Il était resté à la traîne et l'avait filmée.

Ils avaient atterri dans leur bar de quartier préféré, leurs skis posés à côté de la porte. Avaient bu et mangé de la nourriture de brasserie tandis que la neige continuait de tomber silencieusement de l'autre côté de la vitre.

Mais Gil avait dû mettre cette vidéo à la poubelle. Il ne pouvait supporter de regarder ces images. C'était pratiquement épidermique.

À présent, il n'y avait plus que le travail. De quoi avait-elle besoin ? lui demanderait-il. Quel que soit ce dont elle avait besoin, il était prêt à le fournir.

Lorsqu'il rentra à la maison ce soir-là, les affaires de Lane avaient disparu. Ainsi que quelques meubles et petits appareils électroménagers. Un vieux fauteuil, une machine à expresso qu'il trouvait extravagante. Une petite sculpture qu'elle avait choisie et qu'il avait achetée.

Sur la table basse où celle-ci se trouvait avant, il y avait un mot sous un jeu de clés – les clés de l'appartement.

Quatre mots galvaudés étaient écrits : *J'ai rencontré quelqu'un.*

Voilà quinze ans qu'elle attendait son heure. Attendait de rencontrer quelqu'un.

Pigeon

Il parla de Brad à Ardis, qui encaissa sans sourciller. Elle résoudrait le problème sans impliquer les instances scolaires, dit-elle.

Elle avait rencontré la mère de Brad lors de la soirée. Une femme calme au mari autoritaire. Elle lui parlerait.

Ardis était une personne équilibrée.

Ted, pas tant que ça. Il passa chez Gil qui préparait sa valise et dit qu'il n'avait pas été là pour Tom. Gil en savait davantage sur la vie intérieure de son fils que lui.

— Toi, tu travailles pour gagner ta vie, c'est tout, s'excusa presque Gil. Je ne suis qu'un parasite. J'ai du temps pour tout.

— Arrête de te dévaloriser, protesta Ted en se servant un verre. Tu es le parasite le plus sympa que je connaisse.

— Tu parles d'un compliment.

Il pensa au phénopèple et au gui. Peut-être fallait-il plutôt qu'il considère son rôle comme étant symbiotique.

— Hé. Tu penses qu'Ardis pourrait avoir une liaison ?

— Hein, quoi ?

La question le choqua véritablement.

— En théorie, seulement.

— Ted. Pourquoi sortir un truc pareil ? Qui, en étant marié avec toi, aurait une liaison ? Et puis, c'est Ardis.

— Ça m'est arrivé, une fois.

— Ah bon ?

Ted hocha la tête.

— On s'est mariés juste après nos études. Je l'ai trompée deux ans plus tard. Quand j'y repense, j'étais un jeune con. C'était une connerie. Une danseuse que j'ai vue trois fois. Je l'ai avoué à Ardis à l'époque, et elle m'a pardonné.

Ainsi Ardis avait-elle été blessée. Comme tout le monde. Une fois, au moins.

Mais s'était élevée au-dessus.

— Peut-être qu'elle veut avoir une liaison à elle. Pour qu'on soit quittes.

— Ça marche comme ça ?

— Merde, j'en sais rien. Ça pourrait, non ? Ce ne serait que justice. Ce serait possible.

— Eh bien... Comment ça va, entre vous ? Les choses ne vont pas bien ?

— Si, plutôt bien. Ouais. Enfin, je crois.

— Alors pourquoi cette question ?

— C'était juste une hypothèse.

— Mon ex a eu une liaison. M'a quitté pour cette personne, en fait.

— Ah, merde.

— Un cycliste connu. Il avait des mollets en acier.

— Moi, perso ? J'aime pas le physique de ces mecs.

Il secoua la tête. Pendant une seconde, il ressembla beaucoup à Tom.

— Leurs muscles agglutinés, là ? Scindés comme les deux moitiés d'une espèce de fruit-muscle bizarre ? Flippant. Robotique. Le genre de merde qu'on croirait sortie de *Terminator*.

— Merci beaucoup. Merci de ton soutien.

— C'est rien.

Il ignorait où Lane s'était installée. Son courrier suivait automatiquement.

Pendant quelques semaines, il n'avait pas su qui était le « quelqu'un ».

Les amis de Lane étaient devenus ses amis aussi. Mais étant avant tout ceux de Lane, ils s'étaient rangés de son côté. Certains n'avaient sans doute pas souscrit à son attitude. Ils avaient cependant pour règle de ne pas commettre d'ingérence. Étaient contrits mais inflexibles. Ils connaissaient Lane depuis plus longtemps. Et ce n'était pas comme si Lane et Gil étaient mariés.

Parce qu'ils n'étaient pas mariés, son infidélité était moins grave. On se trouvait peut-être davantage dans une zone grise.

Il avait reçu quelques coups de téléphone. Et puis les amis avaient disparu.

Une femme était passée récupérer quelques affaires que Lane n'avait pas prises en partant. C'était une collègue de Lane. Une assistante.

Gil avait compris qu'elle s'était sentie obligée d'accepter cette tâche en raison de ce statut de subordination. Lorsqu'il avait perçu son malaise, sa colère avait commencé à se dissiper. Il l'avait invitée à appeler Lane pour lui dire qu'elle pouvait prendre tout ce qu'elle voulait.

Après le coup de fil, ils avaient entassé d'autres objets encore devant de la porte. Une tapisserie qu'il avait achetée à Lane lors d'un voyage au Maroc qu'ils avaient fait ensemble pour son travail à elle. Un robot ménager. Un ensemble de couteaux.

Il avait proposé une bière à la collègue. Qui en avait ensuite voulu une autre et s'était détendue. Il avait fouillé dans ses placards, avait sorti des affaires à lui de boîtes pour les rendre disponibles.

Au bout d'un moment, elle lui avait révélé le nom. Il n'avait pas eu à le demander. Cela ne lui disait rien, car il ne suivait pas le cyclisme, mais il avait mené l'enquête après le départ de la collègue. Il savait se servir d'un moteur de recherche.

Le type était un célèbre vendeur de vélos en fibre de carbone. Ceux-ci partaient à environ quinze mille dollars pièce. On voyait sa photo sur des affiches publicitaires. Il avait déjà remporté le Tour de France.

— Je ne suis pas aussi parano, dit Ted. De nature. Mais. Elle semble vraiment ailleurs.

— Elle installe son nouveau cabinet. C'est pour ça.

Il reçut un coup de fil d'un numéro inconnu à New York, mais il ne décrocha pas et on ne laissa pas de message. Puis le numéro de Van Alsten s'afficha.

Ce n'était pas Van Alsten mais Connie.

— Ils ne savent pas ce qui s'est mal passé, dit-elle.

Elle avait la voix étranglée. Un trémolo.

— Ils ont procédé à la transplantation. Elle semblait avoir réussi. Tous les signaux étaient au vert, pour moi en tout cas. Mais ensuite, son état s'est dégradé. Son autre rein a… cessé de fonctionner, tout simplement. Ils disent que, peut-être, l'alcool y est pour quelque chose. Et ensuite il y a eu d'autres… d'autres organes. Alors maintenant, il se trouve plongé dans un coma artificiel.

Il sentit un vide tout au fond de son ventre.

Son affection pour Van Alsten lui revint à la figure. Atterrit lourdement.

Il se sentait émoussé. Lent. Vidé de sa force.

— Connie. Je suis vraiment désolé. Je suis à court de mots.

— Je me rends compte que c'est beaucoup demander. Mais il n'a pas beaucoup d'amis. Pourriez-vous venir le voir ? S'il vous plaît ?

— J'arrive tout de suite, répondit-il.

Jason appela alors qu'il faisait ses bagages. Sa mère avait été transférée dans la résidence, annonça-t-il. Alors il allait partir observer les oiseaux.

Il allait visiter une vaste étendue plane de désert submergé qu'on appelait une *playa,* où s'arrêtaient des dizaines de milliers de grues du Canada lors de leur migration.

Juste avant le lever du jour, on pouvait aller là-bas à pied et voir cette multitude de grands oiseaux avant qu'ils ne reprennent leur envol.

En direction du firmament.

Gil avait toujours voyagé en avion modestement, une obligation morale d'après lui. Il ne le prenait pas assez souvent pour obtenir les miles qui vous propulsaient en première. Et le prix d'un siège dans cette classe était honteux. Pour un peu plus d'espace pendant quelques heures, et puis de l'alcool et de la nourriture médiocres. Qui avait besoin de ces commodités mineures au point de payer mille dollars supplémentaires pour en bénéficier ? Mieux valait donner son argent à des organisations caritatives.

Malheureusement, les compagnies avaient rendu le voyage en classe économique épouvantable. Gil était grand, et, faute de place, ses genoux s'enfonçaient dans le siège devant lui, dérangeant ainsi les autres voyageurs. Lorsque la personne devant lui décidait d'incliner son siège, le tourment était léger mais néanmoins durable.

Il devait se tenir droit comme un « i » pendant tout le trajet, sans jamais se détendre.

Des nuages de miettes de bretzels et de cookies en provenance de ses voisins migraient dans ses manches et dans son col de chemise, et la dernière fois, il avait senti qu'il inhalait une série humide d'éternuements et de quintes de toux.

Après ce voyage, alors qu'il n'était jamais malade, il avait été souffrant pendant deux semaines.

Par conséquent, cette fois-ci, il avait craqué. Il n'effectuait pas ce vol pour le plaisir – voilà comment il rationalisait les choses. Il le faisait pour une urgence. Et puis il ne restait plus de places qu'en première à l'horaire qu'il souhaitait. À présent, il était installé en première, dans un siège doté d'une cloison, et on le traitait comme l'un des Élus.

Ce qu'il était. Élu non pas grâce à ses mérites, mais uniquement par hasard.

On lui demandait : Monsieur, souhaitez-vous quelque chose ? tandis que la piétaille se pressait encore dans le couloir avec ses bagages encombrants, que les gens avançaient, agglutinés les uns contre les autres. Avant le décollage, on lui donna des serviettes humidifiées toutes chaudes et des cacahuètes passées au four. Ils tirèrent le rideau en tissu entre les compartiments. Dont la seule fonction était de signaler la division des classes.

Lorsqu'il avait été de l'autre côté, il avait observé ce rideau avec un léger ressentiment.

Il devait cependant admettre que l'espace disponible pour les jambes était formidable.

Mais il ne fut pas en mesure de le savourer. Pendant tout le vol, il pensa à Van Alsten.

Ou ne pensa pas – il ne savait pas quoi penser. Il ressentait simplement. Du lourd et du plat.

Ce que « coma artificiel » signifiait.
S'ils pourraient l'en sortir de façon « artificielle » aussi.
Est-ce qu'ils avaient prévu d'essayer.

Dans le taxi qui le conduisait à hôtel, il regarda par la vitre et vit la ligne des immeubles surgir. Les ponts. La partie de la ville qu'il préférait. Peut-être traverserait-il celui de Brooklyn s'il parvenait à se lever assez tôt pour arriver avant les foules. À l'époque, il courait là-bas à 6 heures du matin.

L'automne était la meilleure période à New York. Sa couleur, son parfum lui avaient manqué, le changement des saisons.

Curieusement, la ville lui parut plus accueillante que lorsqu'il l'avait quittée.

La tache de l'abandon de Lane s'était estompée.

— Merci, dit Connie. Merci infiniment d'être venu.

Dans la salle d'attente de l'hôpital, les visiteurs étaient avachis sur des canapés ; certains dormaient, la tête basculée en arrière.

Il y avait des plantes en pot. En plastique. Des distributeurs de nourriture et des affiches inspirantes représentant différentes traditions religieuses.

Il avait déjà vu l'une d'elles dans un cabinet dentaire : les empreintes de pas de deux personnes qui avançaient dans le sable. Tout à coup, il n'y avait plus que deux traces de pas au lieu de quatre. Qui poursuivaient leur chemin.

Comment ces empreintes avaient-elles disparu ? C'était simple, expliquait l'affiche. Lorsque le marcheur était trop fatigué et faible, l'ami à ses côtés le hissait sur son dos. Et le portait.

Le nom de cet ami était Jésus.

— Est-ce qu'il va... est-ce que son état est stationnaire ?

— Il sera toujours stationnaire, répondit Connie.

Ses lèvres se retroussèrent pour tenter de sourire.

Donc non, pensa-t-il. Ce coma était artificiel. Mais il serait sans fin.

Van Alsten. Et son personnage.

Gil ne voulait pas se refermer. Éprouva, pendant une seconde, un soubresaut de désespoir.

Il agrippa les mains de Connie et les serra dans les siennes.

Elle avait beaucoup maigri depuis Sky Harbor. Elle se remettait elle-même de son opération.

— Son frère est à ses côtés en ce moment. J'essaie de faire en sorte qu'il y ait toujours quelqu'un avec lui. Pour qu'il ne soit pas seul. Ils disent qu'il ne s'en rend pas compte. Mais juste au cas où.

— Je vois. Oui. C'est bien.

— Je voulais vous demander. Il continuait à jouer au basket deux fois par semaine. À Harlem. Il y a un numéro sur son téléphone qui est sûrement son contact pour l'équipe. Simplement, je suis... je suis vraiment fatiguée de passer des coups de fil. Cela vous embêterait d'appeler pour moi ?

— Bien sûr que non.

Il avait rencontré certains des types avec qui Van Alsten jouait mais n'était jamais sorti avec eux. Elle fouilla dans son sac, qui était posé, avachi, à un bout de la table, et en sortit un téléphone. Celui de Van Alsten.

— C'est celui-ci, je pense. Je vais voir comment il va.

Le nom du contact était « Legs[3] ». Sans doute encore un exemple de chambrage typique de Van Alsten. Il attendit

3. « Legs » signifie « jambes ».

que Connie disparaisse dans le couloir pour appuyer sur le bouton vert.

— Yo, Van, dit le type à l'autre bout du fil. Putain, t'étais passé où, mec ?

— En fait, ce n'est pas lui.

Gil lui expliqua la situation.

Legs s'agita. Il demanda quel hôpital, mais laissa tomber son téléphone. Gil dut lui répéter trois fois l'information.

Ensuite, il appela Vic.

— Oh non ! s'écria Vic. Je n'étais pas du tout au courant.

Seulement deux coups de fil et il se sentait vidé. Pas étonnant que Connie en ait eu marre.

— Vous pouvez entrer, maintenant, lui dit-elle en réapparaissant.

À côté d'elle se tenait Van Alsten.

Non. Son frère.

Son portrait craché, en plus mince et plus jeune, simplement.

Et vêtu d'un costume bien taillé. Probablement du sur-mesure.

Il y avait eu l'histoire du jet privé. Pas génial de penser à cette anecdote maintenant, se tança Gil tandis qu'ils se serraient la main.

Le frère semblait en transe. Avait le regard vide.

Connie pointa le doigt pour indiquer à Gil le bout du couloir.

Dans la chambre individuelle, l'éclairage était tamisé. Van Alsten était relié à des tubes et des machines.

Les yeux fermés, il semblait plus petit. Son visage mou n'était plus imprégné de sa personnalité. Même son vaste corps sous le drap semblait à peine là.

Gil s'assit sur la chaise à côté du lit.

— Hé, dit-il au visage qui ne bougeait pas. C'est Gil. Je suis venu te voir. Il paraît que tu as sauvé la vie de Connie. Bien joué.

Il regarda son visage de près. Patienta.

Une part de lui s'était attendue à un réveil miraculeux.

Lane n'avait jamais essayé de le contacter après son départ. N'avait jamais dit un mot personnel. Elle s'était contentée de lui demander d'envoyer un message pour fermer leur compte joint « dans les plus brefs délais ».

Lorsqu'il lui avait téléphoné, chose qui ne s'était produite qu'une seule fois, elle avait bloqué son numéro. Certes, il aurait pu la suivre au travail, aurait pu débarquer pour lui faire une scène, mais il se sentait déjà bien assez humilié comme cela.

C'était à cause de son silence complet après son *J'ai rencontré quelqu'un* qu'il avait eu du mal à assimiler son départ. Et aussi parce qu'elle avait bloqué son numéro. Comme s'il avait commis un délit si scandaleux qu'il ne méritait rien.

Et n'avait rien reçu. En abondance.

Il demanda à Connie ce qu'il pouvait faire. Elle lui répondit qu'il pouvait peut-être lui choisir des vêtements, une chemise et un bas de pyjama. Sous le drap, Van Alsten portait une blouse d'hôpital.

— Personne ne veut être en blouse d'hôpital, dit Connie.

Gil entendit : *Personne ne veut mourir en blouse d'hôpital.*

Van Alsten avait un tee-shirt préféré, tout élimé. Son tee-shirt doudou. Un attachement sentimental.

Comment allaient les enfants ? demanda Gil.

Ils étaient tous les deux à la fac maintenant, répondit Connie en s'égayant un peu. La fille était à Columbia, le garçon en Angleterre. La fille venait lui rendre visite tous les jours, le garçon prenait l'avion demain.

C'était la semaine de Thanksgiving. Gil ne s'en était pas aperçu.

Elle lui donna une clé, des instructions, et il partit prendre le métro. Leur immeuble disposait d'un vaste hall avec des arches et un vieux carrelage Arts déco au sol – il avait retrouvé Van Alsten ici une ou deux fois, mais n'était jamais monté.

Le portier lui présenta ses sincères condoléances. Van Alsten l'avait toujours traité convenablement. C'était quelqu'un de drôle, ajouta-t-il.

Le comptoir de la réception était paré de fleurs.

— Pour lui, expliqua le portier. Mme V. A. m'a dit : gardez-les ici. Elle a dit : il n'y a personne là-haut pour en profiter. Que Dieu la bénisse. Transmettez-lui mon message.

Il monta tout en haut, jusqu'à l'appartement-terrasse. En sortant de l'ascenseur, il se retrouva dans un paisible loft. Dans des teintes de gris et de bleu. Discret, clair et spacieux. Sur l'un des murs du vestibule, un dessin qui ressemblait à un Vermeer.

De la musique jouait tout bas, les accords d'un concerto pour piano. On avait dû oublier une stéréo. Et une porte qui menait à la terrasse était entrebâillée.

Ce serait un endroit difficile à cambrioler, songea-t-il, à moins d'être un voleur entraîné au parkour.

Dehors, sur la terrasse, il aperçut l'arche de Washington Square, à deux pas de là. La terrasse était panoramique, alors on pouvait aussi regarder le nord de la ville. Tous les points cardinaux.

Ici se trouvaient les rosiers dont Van Alsten avait parlé, dans des bacs en bois. Nombreux. Certains étaient en fleur.

Il n'avait pas réalisé que c'était possible en automne.

Il trouva un tuyau et les arrosa, debout dans la brume qui se déportait sur son visage et ses bras. Depuis la balustrade, il regarda le toit des voitures et les piétons en contrebas.

Puis il franchit une série de portes qui le menèrent à la chambre principale. Un chat siamois était lové sur le lit et dormait. Il ouvrit les yeux quand Gil entra dans la pièce. Étendit ses quatre pattes paresseusement, avant de se remettre en boule.

Dans le dressing, le tee-shirt était plié sur une pile soigneuse : du coton bleu élimé avec le numéro 12 et les mots YALE UNIVERSITY.

Il avait vraiment essayé, après le départ de Lane, de comprendre ce qu'il avait fait pour ne recevoir que du silence. Il ne se rappelait pas avoir jamais haussé le ton sur elle. Ne se rappelait aucun acte inhumain. Il s'était montré mesquin une ou deux fois, il le savait. Avait oublié de remettre du papier toilette.

Mais il lui avait donné tout ce qu'il avait.

Il ne l'avait revue qu'une seule fois. Environ six mois après son départ.

Lui et Van Alsten s'étaient rendus dans un restaurant hors de prix à SoHo. Il lorgnait vers la France et était doté d'un bon bar. Van Alsten s'était levé pour téléphoner à Connie dehors et avait laissé Gil siroter un Martini au bar. La libation de prédilection de sa grand-mère.

De toutes les habitudes ordonnées de sa grand-mère, le Martini du soir était celle dont il se souvenait le plus clairement. Son unique péché mignon. Une dose précise l'attendait, et le rituel, réglé comme du papier à musique, débutait à 19 heures.

Gil en buvait un de temps à autre. En sa mémoire.

Pour faire passer le temps, il avait promené son regard dans la salle, écouté le murmure des conversations. Il avait toujours aimé être dans les restaurants.

Et puis il avait aperçu une amie de Lane qui riait à une table à l'autre bout de la salle. Elle s'appelait Deb. Il avait vu l'arrière de la tête en face d'elle.

C'était forcément Lane. Il connaissait la forme de ses cheveux, le mouvement qu'elle faisait en hochant la tête.

Ses membres s'étaient hérissés d'électricité. Ses jambes avaient commencé à trembler sur le tabouret de bar, ses doigts contre son verre. La pièce était devenue kaléidoscopique. Plus bruyante et plus lumineuse. Il était incapable de bouger.

Il s'était senti emprisonné dans la version de lui qu'avait Lane. Jetable. Occupant un espace, un créneau du monde, sans raison valable.

Et ainsi, à la fin – après des années de ce que Gil avait pris pour de l'intimité –, ne méritant même pas un au revoir.

Il n'était même pas « personne ». Parce que « personne » contenait au moins une possibilité.

Van Alsten était revenu en glissant son téléphone portable dans la poche de sa veste. Il avait tout de suite vu que Gil n'était pas dans son état normal.

Après coup, Gil avait compris qu'à cet instant il avait su à quel point Van Alsten pouvait être perspicace. À quel point il analysait les choses rapidement.

Il était capable de bien saisir les gens quand il le voulait.

— C'est la salope qui t'a trompé, pas vrai ?

Gil s'était senti écartelé. Il ne fallait pas qu'il laisse Van Alsten parler d'elle de cette façon. Mais il était incapable d'émettre le moindre mot.

— Désolé. Je ne devrais pas la traiter de salope, s'était excusé Van Alsten en déchiffrant son visage. La femme qui t'a trompé. Montre-moi juste qui c'est.

Gil était parvenu à rassembler juste assez de force pour secouer la tête.

— Je ne vais pas la frapper, Gil ! Je ne lui dirai rien. Parole de scout. J'aimerais juste avoir une image. Vu que je ne l'ai jamais rencontrée. Tu comprends ?

Il ne les avait pas présentés. Il l'avait envisagé mais avait eu la quasi-certitude qu'ils ne s'entendraient pas.

Deux alphas. Qui aimaient tous deux épiloguer. Capter toute l'attention dans une pièce.

Sa main tremblante avait heurté son verre de Martini qui s'était renversé. Le rebord s'était fissuré, et le liquide et les olives s'étaient répandus sur le comptoir. Un barman avait essuyé avec un torchon. Van Alsten lui avait glissé un billet de vingt et avait pris Gil par les épaules.

— Détends-toi, mec. Calme. Hé. Respire. Prends une grande inspiration. Et maintenant, expire doucement.

Quand Gil s'était suffisamment calmé pour regarder de nouveau à l'arrière du restaurant, la table de Lane était vide. Il avait pivoté vers les vitrines à l'avant de l'établissement et l'avait aperçue sur le trottoir avec Deb. Van Alsten avait suivi son regard.

Deb avait le bras levé. Hélait un taxi.

Lane, en talons hauts et long manteau noir, avait les yeux rivés sur son sac, qu'elle tenait ouvert pendant qu'elle y cherchait quelque chose. Elle avait levé rapidement la tête.

— Celle au sac à main. Pas vrai ? C'est obligé.

Un taxi s'était rangé le long du trottoir et elles étaient montées dedans.

Vic avait demandé à venir pendant que Gil était là. Lorsqu'ils seraient tous les deux dans la chambre, Connie pourrait en profiter pour aller dîner, suggéra Gil. S'accorder une pause.

Elle n'avait pas d'appétit, expliqua-t-elle, mais elle pourrait peut-être faire une sieste à l'hôtel. Juste une heure ou deux. Elle avait pris une chambre dans les environs pour des raisons pratiques.

Il l'avait observée pendant qu'elle parlait à un médecin. Avait vu l'expression sur le visage de ce dernier.

Lorsque Vic arriva dans la salle d'attente de l'hôpital – ses cheveux étaient plus gris, son ventre plus rond –, Connie alla le voir, lui serra la main et partit. Ils entrèrent tous les deux dans la chambre.

Gil tira une deuxième chaise jusqu'au lit.

Vic s'assit une minute, puis sortit un petit sac en velours de sa poche. À l'intérieur se trouvait un chapelet qui semblait composé de perles.

— Tu penses que je peux ? demanda-t-il.

Van Alsten était un WASP notoire. Doublé d'un athée.

Mais Gil entendait son ami répondre : Balance. Je m'en bats les couilles.

— Je pense qu'il apprécierait le geste, traduisit-il.

Vic mit le rosaire dans l'une des mains de Van Alsten, l'enroula autour de ses doigts.

— J'aimerais dire une prière pour lui.

Dieu tout-puissant et éternel qui protège les âmes, disait la prière. Nous T'implorons, Ô Seigneur, d'accorder Ta guérison, que l'âme de Ton serviteur, au moment où elle quittera son corps, puisse T'être présentée par les mains de Tes anges sacrés...

Le soleil se couchait tandis que Vic priait, tête grisonnante penchée et mains solides jointes. Gil détourna le regard. Essaya de laisser de l'espace à ce moment d'intimité tout en restant dans la pièce.

Des motifs de lumière et d'ombre se dessinaient sur le mur blanc. Quelqu'un, peut-être un enfant, avait fabriqué des fleurs en papier coloré. Des origamis. Collés au bout de baguettes en bois, ils formaient un bouquet dans un vase posé sur le rebord de la fenêtre.

Gil ne prierait pas. Mais il se demandait ce qu'il pourrait faire d'autre pour Van Alsten.

Ou ce qu'il aurait pu faire. S'il y avait pensé.

Il imagina l'emmener dans le désert. Se tenir à côté de lui au bord de la vaste plage plate dont Jason lui avait parlé pour regarder des milliers de grues prendre leur envol.

Van Alsten ne s'était jamais intéressé à la faune – c'était un pur citadin. Gil fouilla dans sa mémoire pour retrouver une seule occasion où il aurait remarqué un oiseau.

Et fut étonné d'en trouver une. Ils étaient assis tous les deux sur un banc dans un parc après l'un des matchs de son ami à Harlem. Van Alsten était en train de changer de chaussures, parce qu'il n'allait jamais dans un bar en baskets. Son code vestimentaire personnel.

Dans les bars, beaucoup de choses étaient permises. Mais les baskets, jamais.

Il enfilait son pantalon par-dessus son mince short en nylon pendant que son sac de gym était posé sur le bitume à leurs pieds.

Un pigeon s'était pavané jusqu'à leur banc. En quête de miettes de pain. Ce qu'ils n'avaient pas, bien sûr.

Van Alsten avait demandé : Tu sais à quoi il pense ?

Gil avait répondu : Non, je ne sais pas. Ce que pense le pigeon.

Van Alsten : Un jour, je volerai là-haut. Tout, tout, tout là-haut.

Et alors je te chierai dessus. Et je chierai sur tous tes amis.

Il était assis dans sa chambre d'hôtel, au bord de son lit. Perdu. Pendant un certain temps, il n'eut aucune envie de bouger.

Il voulait dire à quelqu'un : Mon ami est en train de mourir. Et il ne s'en rend pas compte. Il meurt sans le savoir.

Était-ce mieux ou pire de ne pas savoir ?

Ses parents n'avaient pas su, ou du moins était-ce ce que lui avait assuré sa grand-mère. Leur mort avait été soudaine et sans douleur, lui avait-elle dit quand il était petit.

Soudaine et sans douleur, voilà ce que l'on disait aux enfants.

Du moins en Nouvelle-Angleterre.

Sans préméditation, il décrocha le combiné du téléphone de la chambre et composa le numéro professionnel de Lane. Il le connaissait encore par cœur. À la fin, elle ne décrochait plus son portable quand il l'appelait pendant la journée. Elle fréquentait déjà le cycliste.

Mais elle avait une ligne téléphonique directe au travail qui ne passait pas par un assistant, et il avait pris l'habitude d'appeler dessus quand il avait une question. Les courses. Ou la logistique.

Tandis que cela sonnait, Gil pensa : probable qu'elle n'y travaille plus. Ça fait trois ans. Elle a sûrement changé de boulot. Ou épousé le cycliste. Déménagé dans une petite ville pittoresque dans le nord de la vallée de l'Hudson.

Qui regorgeait de magasins d'antiquités.

— Oui, quoi ? dit sa voix.

Impatiente.

Autrefois, il se serait peut-être ravisé avant de raccrocher. Mais à présent, il se sentait solide.

— Lane, salut. C'est Gil.

Silence.

— Putain, dit-elle doucement.

Il comprit qu'il ne pouvait pas le dire, finalement. Parler de Van Alsten.

— En fait, tu tombes mal. Il y a des gens. Dans mon bureau. Mais... Tu veux qu'on se retrouve ?

Il se leva avant l'aube et traversa le pont de Brooklyn. Resta planté au milieu en regardant l'eau en contrebas. Il aurait bien aimé connaître un instant de sagesse.

Cependant, aucun ne se manifesta. L'eau garda sa sagesse pour elle.

Lorsqu'il arriva à l'hôpital, les enfants de Van Alsten étaient là. Le garçon et la fille. Ou plutôt, un jeune homme et une jeune femme. Tous deux minces et anguleux. Le visage bouffi à force d'avoir pleuré.

Gil pensa à Van Alsten dans le bar irlandais. Disant à Vic, les gamins, c'est un peu comme des meubles, sauf que t'as pas le droit de t'asseoir dessus. Il avait préparé sa petite phrase. L'avait peaufinée pour un nouveau public.

Ses enfants étaient plus jeunes, à l'époque.

En les regardant à présent, Gil sut que Van Alsten avait été plein de tendresse. Mais brute.

Ses mots étaient son armure. Tout simplement.

L'hôpital réalisait encore quelques examens, expliqua Connie.

Mais à moins de résultats imprévus, ils pensaient débrancher les machines auxquelles il était relié le lendemain.

Il n'aurait pas souhaité s'éterniser. Ce qu'il voulait, c'était vivre.

— Je suis sûr que vous avez besoin d'intimité, dit Gil. Mais puis-je faire quelque chose pour vous ?

— Je n'ai pas besoin d'intimité. J'aimerais que vous soyez là, à nos côtés. Si cela vous est supportable. Il le voudrait. S'il savait.

Gil fut surpris.

— D'accord. Merci. Je suis... Merci. Je suis honoré.

Il avait choisi le restaurant de SoHo où il l'avait vue pour la dernière fois. Avec Van Alsten. Le premier nom de restaurant qui lui était passé par la tête.

Elle avait vieilli, pensa-t-il en s'approchant de la table. Pas une considération fielleuse. Juste une observation. Encore belle. Elle serait toujours belle à ses yeux.

Mais ses traits paraissaient plus cassants. Aux coins de ses yeux, les rides étaient gravées avec moins de délicatesse.

Ces pattes d'oie, visibles quand elle riait – si familières.

— C'est toi, dit-elle.

Elle se leva et l'embrassa. Il se surprit à lui tapoter dans le dos, puis s'arrêta. Un réflexe.

Ils s'assirent.

— Il paraît que tu as déménagé dans l'Ouest.

— Je suis juste revenu pour rendre visite à un ami malade.

— Il paraît aussi que tu es allé là-bas à pied. Vraiment ?

— Oui. J'ai marché.

Elle secoua la tête.

— Eh bien. Au moins, tu as fini par faire quelque chose.

Elle avait cette façon de l'insulter avec un demi-sourire aux lèvres. Ainsi, l'insulte était émoussée. Au début, il croyait qu'elle plaisantait. Au fil du temps, plus tant que ça.

Il pensa : Je n'en ai jamais tiré d'argent, c'est vrai. Mais j'ai toujours fait quelque chose. En tout cas, j'ai toujours travaillé. Exactement comme toi.

Il garda sa remarque pour lui. Elle mesurait le succès à l'aune de la carrière, comme la plupart des gens. Et il était juste et correct de dire qu'il n'avait jamais eu de carrière. Il avait offert son temps, fait ce que d'autres avaient besoin qu'il fasse.

On pourrait écrire l'épitaphe suivante sur sa tombe : *Il a essayé d'être utile.*

Elle ne lui posa pas de questions au sujet de son ami malade, alors il pensa : elle ne *mérite* pas de savoir.

Comme si cette information serait un cadeau pour elle. Et non un petit fardeau. Celui de devoir exprimer de la compassion.

Il ne voulait pas avoir à entendre le discours de circonstance.

Un serveur leur demanda s'ils souhaitaient manger. Juste un café, merci, répondit Gil.

Il eut envie de commander une bière, qui l'éloignerait et le ferait flotter dans les airs, mais il n'en voulait pas les bénéfices, pour une fois. La chaleur, la générosité.

Il voulait voir les choses froidement. Être lucide.

Lane commanda une infusion.

Elle raconta avoir eu des propositions d'emploi, mais pas suffisamment lucratives pour l'appâter au point de lâcher son poste actuel. Elle était désormais rédactrice en chef, mais c'était devenu ennuyeux, lui confia-t-elle.

Elle parla de femmes qu'ils connaissaient tous les deux. L'une d'elles se débattait contre la maladie de Lyme. L'autre contre un bébé sujet aux coliques.

— Écoute. Je sais que j'ai mal géré les choses. À l'époque.

— Tu veux dire en couchant avec le mec du Tour de France ?

Il ne prononça pas cette phrase avec colère. Il voulait comprendre.

Elle haussa les épaules.

— Sans ça, je n'aurais pas pu partir. Et il le fallait. C'est surtout que j'aurais dû garder le contact.

Il sentit une pointe d'hostilité en lui. En entendant cet euphémisme.

Et puis quelque chose de plus sourd, de plus doux. Il ne savait pas trop quoi. De l'indifférence ?

— Eh bien. Oui. Cela m'aurait aidé. À l'époque.

— Ça n'a pas marché. Avec lui.

— Ah non ?

— Ouais. Non. Ça n'a pas duré.

Était-il censé dire qu'il était désolé ?

— Ça a duré un bon moment. Entre toi et moi, précisa-t-elle.

— Très longtemps, même. Compte tenu...

Elle but une gorgée de son infusion, reposa sa tasse.

— Compte tenu ?

Il hésita.

Cela avait été clair et franc tant que cela n'existait que dans son esprit. Énoncé à voix haute dans cet échange superficiel, cela semblerait mélodramatique. Sans nul doute.

Des choses très simples pouvaient donner cette impression une fois qu'elles étaient formulées.

— Compte tenu du fait que tu as toujours dit que tu m'aimais. Quand je te le disais. Le rituel : je t'aime et je t'aime aussi. Mais en fait, tu ne m'aimais pas. Tu es restée aussi longtemps avec moi par habitude. Et parce que j'avais de l'argent.

Elle l'observa avec prudence. Comme s'il essayait de l'obliger à renoncer à un petit objet de valeur.

Et puis elle sembla céder.

— Je pense, dit-elle. Peut-être. Les six premiers mois ?

Elle s'avachit sur sa chaise. Comme si elle venait de se rendre compte à quel point il avait été épuisant de rester assise droite pendant tout ce temps.

Elle plaça ses mains en coupe autour de sa tasse. Créa une vaguelette à la surface du liquide en soufflant dessus. Et laissa son regard perdu dans le vague se fixer sur quelque chose sous son visage. Il lui coûtait d'admettre ces choses.

— Eh bien, d'accord. Une question. Si tu me permets.

— Bien sûr.

— Quand on s'est rencontrés. Cette nuit-là, au billard. Est-ce que tu le savais déjà ? Que j'avais de l'argent.

Elle plissa légèrement les yeux en le regardant, comme si son visage renvoyait une lumière malvenue. Changea d'angle sur son siège.

— Eh bien. Je ne savais pas dans quelles proportions. Mais je savais pour qui ces types travaillaient. Enfin, bien sûr que je le savais. C'étaient mes amis, en quelque sorte. Et quelqu'un avait dit que tu étais un client.

Ainsi il avait une réponse à sa question. Après tant de temps.

Jadis, il avait tout attaché à elle. Tout ce qu'il était. Et n'était pas.

Mais il s'était fourvoyé. L'erreur avait toujours été la sienne.

Assis là, il sentit les derniers atomes d'attachement s'évanouir.

Avant qu'ils ne se séparent sur le trottoir, elle alla vers lui pour l'étreindre. Il ressentit une aversion à son contact qu'il n'avait pas ressentie une heure auparavant à peine. Resta sur place tandis qu'elle exerçait une légère pression contre lui. Et puis il se retourna et s'éloigna d'elle.

Il sentit la présence du restaurant derrière lui, la silhouette de ses deux dernières visites ici. Lane debout devant le restaurant. La fois avec Van Alsten, quand la façon qu'elle avait eue de disparaître de sa vie lui avait paru être un verdict si clair. Et le jugement de Lane, le jugement absolu.

Cette fois-ci, la clarté de son propre verdict. Aussi élémentaire que la question qu'il avait posée : il avait mal placé sa confiance. Volontairement aveugle.

Les deux décisions de Lane, rester et puis partir, n'avaient concerné qu'elle.

L'absence de Lane ne l'avait pas transformé en « personne ». De même que sa présence n'avait pas fait de lui « quelqu'un ».

Dans tous les choix de Lane, il avait surtout été « n'importe qui ». Ses choix n'avaient que peu de rapport avec lui.

Peut-être qu'à l'époque il n'avait pas échoué à proprement parler. Peut-être n'avait-il simplement pas réussi à voir. Et avait-il espéré – un espoir qui s'était soldé par de la déception.

Il eut la très vive impression qu'il ne la reverrait plus jamais.

À l'heure prévue, il se rendit dans la chambre de Van Alsten avec la famille et resta debout au pied du lit.

Connie, les enfants et son frère étaient amassés de part et d'autre. Le personnel médical entra à la queue leu leu par la porte, notamment le médecin qui n'avait pas arrêté de secouer la tête.

Van Alsten portait son tee-shirt préféré. Ils avaient laissé le rosaire autour de ses doigts.

Celui-ci était un hommage, expliqua Connie.

Elle lui montra une carte que Vic avait envoyée. *Pour tout ce qu'il a donné,* avait-il écrit, *il reposera éternellement en paix.*

Le médecin demanda si l'un d'entre eux souhaitait dire quelque chose, mais ils murmurèrent que non, qu'ils lui avaient déjà dit ce qu'ils voulaient lui dire.

La fille alla déposer un dernier baiser sur la joue de son père. Avant de reculer en pleurant, tandis que Connie passait un bras autour d'elle.

Le personnel se contenta d'appuyer sur des interrupteurs et de pousser des boutons. Des machines bipèrent. Des machines arrêtèrent de biper.

Van Alsten resta le même.

Le même, sauf qu'à présent, il n'était plus là.

Gil sentit qu'il lui fallait une bonne dose d'alcool fort après les adieux.

Il savait ce qu'il allait faire. Il n'en avait jamais été plus sûr.

Il appellerait son vieil ami.

Il appellerait Van Alsten, et ils iraient boire un verre.

Vautour

Tom déboula chez lui en fanfaronnant la nouvelle : sa mère y était arrivée ! Elle avait réussi ! Elle était super !

Gil en convint, elle était vraiment super. Mais pourquoi, dans le cas présent ?

Elle avait parlé à l'association des propriétaires. Qui avait changé les règles. « Les jeunes » avaient désormais le droit de faire du skate dans les impasses. Si quelqu'un les surveillait.

— Vraiment ?

— Je t'assure !

— Fort. Très fort.

— Je suis désolé pour ton ami, dit Tom d'un ton plus posé. Mon père m'a raconté. Il m'a dit qu'il n'était même pas vieux. Et qu'il essayait juste d'aider quelqu'un. C'est vraiment triste.

— Eh bien. Oui. Merci.

Cela le touchait. Les condoléances d'un petit garçon.

Il demanda à voir le cou de Tom.

— Oh, tout va bien.

Tom se pencha en avant pour lui montrer.

Les plaies avaient cicatrisé.

— Et il ne s'est rien passé d'autre ? Il te fiche la paix ?

— Il ne prend plus le bus. On l'emmène en voiture.

On pouvait faire tant de choses avec si peu de moyens. Parfois.

Et parfois, avec tous les privilèges du monde, rien du tout.

— Tu sais ce qui s'est passé, pas vrai ? demanda Ted.

Ils étaient dans le jardin au coucher du soleil à côté du sac de frappe de Tom. Leurs whiskeys étaient posés sur une large branche plate. Une surface pratique. Ils tapaient dans le sac à tour de rôle. Ted avec énergie, Gil distraitement.

— Non. Vas-y, raconte.

— Le gars à la tête de l'association des voisins est l'archétype du vieux mec lubrique. Il est venu à la pendaison de crémaillère. Le mec à la chemise hawaïenne voyante et choquante ? Avec des grosses fleurs rouges et des femmes autochtones en pagne en paille ?

— Ah, oui, répondit Gil en hochant doucement la tête. Comment oublier cette chemise ?

— Et des sandales ?

— Il est promoteur, d'après ce qu'on m'a raconté. Des casinos à Las Vegas. J'ai fait une recherche rapide : pas sur le Strip. Ridiculement rentable. Il a traîné près d'Ardis pendant qu'elle préparait des boissons. Il a carrément regardé dans sa robe. J'étais là.

— Et il a vu quoi ? Un soutif ?

— Y avait pas de soutif. C'était l'une de ces robes avec lesquelles tu ne peux pas en mettre. Il s'est clairement, ostensiblement penché.

— Il s'est penché ? C'est mal de se pencher.

— Sarah l'a vu aussi. Elle confirmera.

— Donc tu es en train de me dire qu'Ardis l'a fait basculer de son côté. Grâce à des...

— Nichons. Une vue sur des nichons. Il a vu des nichons.

— Ce type se laisserait réellement influencer par ça ? Un tout petit matage de nichons ? Alors qu'il est question d'un sujet majeur comme la réglementation de la pratique du skateboard chez les jeunes ?

— Mais Gil, enfin ! Tu ne connais pas les hommes, tes semblables ?

— Non. Pas vraiment.

— Dans ce cas, laisse-moi t'éclairer. La réponse est oui. Oui.

— Bon. Ok, alors. Utilisés à bon escient, j'imagine. Les, euh... de ta femme.

— Nich... euh, seins !

— Comme tu dis.

— Nous ne parlerons plus d'eux.

— Je n'en avais pas l'intention.

Gil se lassa de taper dans le sac et arrêta. Il aurait aimé qu'il y ait des libellules. Il n'en avait pas vu ici.

— La mousson me manque. La faune.

— Ces crapauds qui sortent quand il y a des orages, dit Ted.

Il donna un dernier coup de pied dans le sac.

— Les gros bien gras, ajouta-t-il.

— On peut les lécher, paraît-il.

— Si tu veux avoir des visions mystiques.

— Des hallucinations. Mais ensuite, tu te tords de douleur. Sécrétions venimeuses sur leur peau.

— Je n'ai jamais été un lécheur de crapauds. Même à la fac.

— T'as jamais léché un crapaud ?

— Pourquoi, toi oui ?

— Y a pas moyen. Je n'ai jamais léché un crapaud non plus.

— On a loupé le coche pour le léchage de crapauds.

— C'est ça d'être allé à l'école dans l'est du pays. Pénurie de crapauds du désert. Voilà notre problème.

— Oh. Y a de la lumière dans la salle à manger. Ardis est rentrée.

— Je vous laisse, alors.

— Non, hé ! Viens ! Boire un dernier verre. Elle sera contente de te voir.

— T'es sûr ?

— Elle est toujours contente de te voir. Une extravertie. C'est ma croix dans la vie.

— Je ne parlerai pas du type vicelard. Qui se penche.

— Évite, oui. Elle croit que c'est parce qu'elle a fait appel à sa raison. Elle pense que c'est ce qui l'a emporté.

— Innocente ?

— Féministe.

— Hé, je comprends. Moi aussi, je suis féministe.

— Autant que tu le devrais.

Ils se dirigèrent vers la maison, whiskey en main.

Depuis que les fortes chaleurs étaient passées, il s'était mis à marcher. Après s'être levé mais avant son premier café. Il se faufilait par le trou dans sa clôture et prenait directement le wash jusqu'à ce que celui-ci devienne trop rocailleux ou broussailleux, puis faisait demi-tour et repartait dans l'autre sens. Là, le terrain s'élargissait et s'étendait, et on pouvait marcher sur plus d'un kilomètre.

Un matin, il sursauta à cause de l'envol d'un grand oiseau noir. Tête rouge. Caroncule.

Un vautour aura. Comme ceux qu'il avait vus au cours de sa longue marche.

Les gens les méprisaient parce qu'ils mangeaient des charognes. Alors qu'ils étaient les paisibles recycleurs des morts.

Gil avait dérangé l'oiseau en plein repas.

Il s'était approché et avait aperçu ce qu'il restait d'une caille. Son panache gris la trahissait. Un masque facial marron et noir. Il s'agissait donc d'un mâle.

Ce devait être la saison de la chasse aux cailles. Il vérifierait.

Il farfouilla autour de lui pour trouver un bâton et retourna l'oiseau. Il avait été touché à l'aile. Mais ni à la poitrine ni à la tête.

Quelqu'un l'avait laissé là sans l'achever. La caille avait dû souffrir un bon moment.

Elle semblait si propre.

Encore belle, bien que morte.

Pendant sa longue marche, il avait vu tant d'animaux écrasés sur la route. Gisant sur les bandes d'arrêt d'urgence. Essentiellement des oiseaux et des coyotes.

En passant devant leurs silhouettes immobiles, il avait été frappé de constater à quel point ils paraissaient paisibles, allongés là.

Parfois, c'était un vrai carnage : de la chair rejetée et lacérée par des pneus. Laissant un champ de débris, de sang, de plumes ou de fourrure, de tendons déchirés ou d'os cassés. Dans ces corps-là, l'illusion de la paix ne pouvait être maintenue.

Il était obligé de détourner le regard en grimaçant jusqu'à ce que la scène soit derrière lui.

Mais la plupart gisaient sur les routes, comme exposés. Se reposant après avoir lutté. Après avoir abandonné le combat.

Il avait réfléchi à l'allure qu'il aurait – à l'allure de n'importe qui, en pareille situation. Absolument pas paisible ni beau.

Il avait été interloqué. Par l'abandon qui semblait résider dans les corps morts de ces animaux.

Et par la tristesse qui s'installait en lui tandis qu'il s'éloignait d'eux.

Il ne s'était absenté qu'une semaine, mais à son retour au refuge, Lori et Mari étaient parties.

Mari avait déménagé en Californie. Tandis que Lori s'était remise avec son mari. Et son chien.

Il suivait un traitement, expliqua la directrice du foyer.

Pas le chien. Le mari, précisa-t-elle.

Il avait un trajet au supermarché sur son planning, et puis un film d'animation dans un multiplexe du centre commercial avec une mère et ses deux enfants. La femme en denim.

La directrice expliqua à Gil qu'elle n'était pas venue au refuge de son plein gré. Sa présence ici était le résultat d'une intervention de sa famille. Elle s'était exécutée à contrecœur.

Ricki, dit la femme. Diminutif de Patricia. Jamais on ne l'appelait Patty ni Pat. Elle ne répondait pas à ces surnoms.

Il n'avait pas l'intention de l'appeler Patty ou Pat. Donc d'accord, bien, répondit-il.

Les enfants – des jumeaux affublés d'une coupe mulet avec des queues-de-rat sur le côté qu'ils désignaient comme étant des tresses de Padawan – ne semblèrent pas non plus beaucoup l'apprécier. Lorsqu'il essayait de leur sourire, ils prenaient un air renfrogné.

Sarah lui envoya un SMS. Elle était vraiment navrée pour Van Alsten.

Il lui écrivit pour la remercier.

Quelques jours plus tard, elle lui adressa un autre texto : *D'après Ardis tu n'as pas trop envie de sortir avec des gens, ou autre. Je comprends. Est-ce que ça te dit quand même qu'on se voie un jour ? Juste en amis. Je travaille beaucoup. Je ne rencontre jamais personne qui me plaise en dehors du travail.*

Il avait été tellement crispé à son sujet. Mais à présent, il était un peu plus libéré de Lane.

Lorsqu'elle le hantait, ce n'était pas par désir mais par regret. Il regrettait d'avoir refusé d'affronter les faits, à l'époque. Ces derniers temps, quand il pensait à elle, plutôt que de plonger dans le désespoir, il se ressaisissait, tout simplement.

Préférable.

Il se méfiait encore des intersections possibles. Sans Van Alsten, tout ce qu'il avait, c'était cette famille de quatre personnes. Et, loin, vaguement, Vic.

Mais juste en amis, avait-elle précisé.

Alors il lui répondit : *Carrément. Que font les amis ?*

Et elle écrivit : *Euh. J'en sais rien. Les miens sortent boire, c'est tout. Choisis un numéro : 1. Fête ? 2. Rando ? 3. Minigolf ?*

Il répondit : *Boire.*

C'était pas un numéro.

Je sais.

Il était protecteur. Vis-à-vis de Tom, oui, mais aussi de Ted et d'Ardis. Même de Clem. Bien qu'il n'ait que peu de choses à lui proposer, à ce moment de leurs vies à tous les deux. Un tout petit service à l'occasion, c'était tout ce qu'elle voulait de lui.

Et ses flippers. Clem venait chez lui y jouer quand elle n'avait rien de mieux à faire, elle laissait même Tom l'accompagner. Du moment qu'il jouait sur une machine qui n'était pas juste à côté de la sienne, le prévenait-elle. Elle ne supportait pas qu'il soit embusqué derrière son coude.

Tom la collait tellement. C'était vraiment ça le pire avec les petits frères : leur manie d'être là.

Il aurait pu avoir cette femme, Ellen, pour voisine. Ou le gars qui construisait des casinos. Il ne méritait pas ce qu'on lui avait donné.

Jamais il ne l'avait mérité.

Mais il l'acceptait.

Il trouva d'autres cailles dans le wash. Trois, quatre, cinq. En vit une être emportée par un chien errant, formant un tas de plumes dans la gueule de l'animal.

Elles avaient été abattues, comme la première. Il supposait que ce n'était pas grave que d'autres animaux profitent des cadavres de ces oiseaux, mais cela le contrariait tout de même.

C'était une chose de chasser pour ensuite manger ce que vous aviez tué. C'en était une autre d'utiliser les oiseaux pour s'entraîner à viser.

Jason lui dit que presque personne ne mangeait de cailles de Gambel sauvages. Bon nombre de chasseurs de gibier préféraient les domaines privés, où ils pouvaient payer pour chasser dans des enclos.

Dans ces réserves, colombes et faisans étaient élevés dans le but d'être chassés, et on les lâchait au moment où les clients appuyaient sur la détente. Certains sans jamais s'arrêter : au point que leurs doigts se fatiguaient.

Des crampes musculaires se produisaient. Des compteurs automatiques affichaient le nombre de proies sur un tableau des scores.

Jason avait un cousin qui faisait des safaris au gibier en Amérique du Sud. Il tuait des milliers d'oiseaux en un seul voyage.

Sa petite amie postait le décompte sur les réseaux sociaux. Avec des émojis de mains applaudissant ou de visages souriants.

Gil n'arrivait pas à se lever assez tôt pour surprendre le chasseur. Il ne le voyait jamais – seulement les conséquences de son passage.

Et il n'entendait jamais de tirs non plus.

Encore plus déroutant. Les silencieux, lui dit Jason, ça n'existait pas vraiment. À part dans les films et peut-être le crime organisé.

Il se renseigna sur la chasse nocturne. « La chasse nocturne se popularise un peu plus chaque jour », expliquait un site web.

Mais les oiseaux n'étaient pas des cibles de prédilection, pouvait-on lire aussi. Parce que, exception faite des chouettes, ils dormaient la nuit.

Ou se déplaçaient tout là-haut, hors de vue dans le ciel, lors de leurs grandes migrations.

En revanche, les ratons, bassaris, renards, lynx et pécaris étaient de bons animaux à tuer la nuit. Et le bonus, c'était qu'ils baissaient la garde. Dans le noir.

Gil alla malgré tout sur un autre site qui vendait du matériel pour chasser la nuit. Et commanda les lunettes de vision nocturne les plus chères qu'il trouva.

Sarah lui apprit par texto qu'Ardis se joignait à eux pour le verre. Elle travaillait dur dernièrement et avait besoin de relâcher la pression. Ted était absent pour deux jours, mais Clem pouvait garder Tom.

Bien, pensa Tom – ça fait encore moins rencard. Ce serait comme une soirée entre copines.

C'était une brasserie du centre-ville, avec des boiseries, un plafond haut et la tuyauterie exposée. On n'y vendait que des vins et des bières régionales issues de microbrasseries, et le barman hipster parlait de bières comme s'il s'agissait d'un grand art.

Gil lui demanda ce qu'ils avaient se rapprochant le plus d'une Pabst Blue Ribbon. Sarah laissa échapper une légère trille de rire.

Le barman ignora son rire et répondit avec une condescendance polie. Gil lui inspirait de la pitié, manifestement, mais il devait respecter les goûts de ses clients. C'était son devoir souverain.

Ardis goûta la bière de Gil lorsque celle-ci arriva.

— Rien à voir avec une PBR, jugea-t-elle.

— Il n'a pas été à la hauteur de ta demande, dit Sarah.

— Dégoûtant, estima Gil lorsque le barman fut suffisamment loin. J'ai l'impression de boire l'eau d'un bong.

Bien entendu, la bière était bonne.

Sarah leur parla de l'obsession de son ex-mari pour la bière artisanale. Cela avait fini par l'agacer. C'était comme être amateur de vin, tout en étant soi-disant plus viril. Parce qu'il y avait une dimension bricolage. Une fois, il avait essayé de brasser. Il avait acheté un kit onéreux pour fabriquer de la bière, mais avait fini avec de la soupe pourrie dans un seau.

Elle et Ardis revécurent des moments de leur vie d'étudiantes car il y avait non loin d'eux un groupe de filles avec des lettres grecques sur leur sweat à capuche rose.

Sarah regretta de ne pas avoir rejoint une sororité – au moins, elle aurait eu une vie sociale. À l'époque, elle quittait à peine la chambre de sa cité U tant elle était accaparée par ses livres. La chimie organique lui donnait du fil à retordre.

Ardis confia qu'elle aurait pu être une LJD, si elle avait rejoint une sororité. Elle connaissait des filles qui étaient dans une sororité chrétienne, pour qui le sexe avant le mariage était proscrit, et qui avaient trouvé tout un arsenal lesbien pour détourner cette interdiction.

Elles avaient une vie sexuelle bien plus intense que toutes les autres personnes qu'elle connaissait, raconta-t-elle. Simplement pas avec les hommes.

Elle regretta d'avoir eu une vie amoureuse ennuyeuse et hétérosexuelle. Et à présent, il était trop tard.

LJD ? demanda Gil.

Lesbienne jusqu'au diplôme, l'éclaira Sarah.

Elles étaient étonnées. Comment pouvait-il ne pas savoir un truc pareil ?

— Y a plein de choses que j'ignore. Couvé. Ça n'a rien d'étonnant.

Il leur demanda comment elles se connaissaient.

— On s'est rencontrées lors d'une conférence à Dallas. Je faisais partie d'un panel, expliqua Ardis.

— La psychothérapie de la mort, dit Sarah.

— Oui ! Sarah s'est encanaillée, en entrant dans une salle remplie de psys. Certains n'avaient même pas de doctorat ! Moi, par exemple. J'ai un modeste master.

— Je plaide coupable, dit Sarah. J'avais besoin d'une petite pause sans médecine. Et puis il y avait le mot « mort » dans l'intitulé. J'ai pensé que cela pourrait se révéler pertinent par rapport à mes opérations.

Elles rirent toutes les deux.

— Mauvaise blague, désolée. Mais sérieusement, poursuivit Sarah, Ardis était une bouffée d'air frais. Si, c'est vrai ! Ces vantards sur scène avec toi ? Tu refusais d'employer leur jargon. Tu énonçais tout avec simplicité. Tu t'exprimais bien. Et tes allures de top-model ne nuisaient en rien à ta prestation. Dans une foule d'hommes d'âge moyen indigestes. J'ai été attirée vers toi.

— Elle est venue me voir après et on a zappé le reste de la conférence pour aller dîner ensemble. Quand Ted a eu sa proposition de mutation, j'ai pensé : Phoenix ! C'est là que vit Sarah.

— J'ai obtenu un poste ici. Pour mon internat. Et je suis restée. Et toi, Gil ? Tu habitais à New York avant, pas vrai ? Comment t'es-tu retrouvé ici ?

— J'ai vécu une rupture amoureuse difficile. J'avais besoin de changement.

— Et donc tu as choisi au hasard Phoenix, dans l'Arizona ? T'as juste chargé un camion de déménagement et traversé le pays avec ?

— À vrai dire, j'ai marché jusqu'ici.

— Ha ha ! s'esclaffa Ardis.

— Non mais c'est vrai. J'ai marché.

Elles le regardèrent, bouche bée.

— Arrête. T'es sérieux, là ? demanda Ardis.

— Tu as marché, répéta Sarah. De New York à Phoenix.

— Du croisement entre la 24e rue et Madison Avenue. Où se trouvait mon appartement. À ma nouvelle maison. Ici.

— Ça fait quoi... genre cinq mille kilomètres ?

— Plutôt quatre mille. Approximativement. Il m'a fallu près de cinq mois.

— Comment se fait-il que je te connaisse depuis tout ce temps et que je ne l'aie jamais su ? s'étonna Ardis.

Il haussa les épaules.

— Y a pas grand-chose à en dire. C'était essentiellement des grandes routes. Des autoroutes, même. Parce que par les petites routes, ça m'aurait pris beaucoup plus de temps. C'était comme ça : pareil, pareil, pareil. Et puis, pendant quelques kilomètres, légèrement différent. Pareil, pareil, pareil, pareil... puis légèrement différent. J'ai rencontré des camionneurs. Et vu beaucoup trop d'animaux écrasés à mon goût.

Sarah l'étudiait.

— Gil. Sans vouloir être indiscrète, pourquoi avoir traversé tout le pays en marchant ?

Il pensa à Lane au restaurant. *Tu as fini par faire quelque chose.*

— Je crois... en partie pour voir si j'en étais capable.

Elles restèrent immobiles leur verre à la main, en le considérant encore avec curiosité.

— Mais je voulais aussi payer pour quelque chose. Quand on a beaucoup d'argent, on ne paie jamais pour quoi que ce soit. On ne sent jamais le coût des choses, alors on vit comme si tout était gratuit. Il n'y a jamais d'échange. Jamais de choix ni de sacrifice, à moins de céder son temps. Je voulais que le changement me coûte. Vous saisissez ? Je voulais le mériter.

Elles restèrent muettes pendant une minute.

— Et est-ce que cela a marché ? demanda Sarah. As-tu mérité cette merveille qu'est la vie dans la formidable ville de Phoenix ?

Bonne question. Il réfléchit.

— Je n'en suis pas certain, finit-il par répondre. J'ai juste marché. Pendant très longtemps, putain.

Elles rirent de nouveau. Lui aussi.

Sarah expliqua que cette sortie était sa dernière bouffée de liberté avant longtemps : sa sœur débarquait en avion de Houston pour les vacances avec sa famille, qui comptait trois enfants : un nourrisson, un bébé et un petit de moins de trois ans. Ils logeraient chez elle. Pendant deux semaines à partir de la première nuit de Hanoukka. Ils allaient devoir observer les rituels. Sa sœur était pratiquante.

— Ma maison est petite, expliqua-t-elle à Gil. Pas comme les vôtres, les amis. J'ai perdu en surface avec le divorce. L'un des gamins apprend la propreté. Ça va être horrible.

— Qui reste pendant deux semaines ? demanda Ardis. Six Américains de la classe moyenne supérieure dans un pavillon qui ne compte qu'une chambre ! C'est un châtiment cruel et inhabituel.

— Ma sœur est économe.

Ardis se tourna vers Gil.

— Tu ne parles jamais de ta famille, dit-elle.

Un moment de malaise. Il ne voulait pas casser l'ambiance. Une réponse honnête ferait dérailler la conversation.

— Vaut mieux que tu ne saches pas.

— Quoi ? s'étonna Sarah. Ils sont pro-Trump ?

— Ce sont des fondamentalistes ? demanda Ardis. Des conspirationnistes adeptes de QAnon ? Ils sont dans une secte ?

— Rien de tout ça. Ils sont juste morts.

— Oh, dit Ardis.

— Oh, dit Sarah. Oh, je suis désolée.

— C'est arrivé il y a longtemps. Et la famille était toute petite.

Ni l'une ni l'autre ne sut quoi dire pour sauver la situation. Elles essayaient de trouver comment lui témoigner convenablement leur sympathie.

— Ma mère et mon père sont morts quand j'étais gamin. Accident de voiture. J'ai vécu avec ma grand-mère jusqu'à ce que j'aie à peu près l'âge de Tom. À Boston. Mais ensuite, elle aussi est morte. Il n'y avait personne d'autre : mon grand-père, qui était dans l'armée de l'air, était tombé au combat en Corée, et elle ne s'était jamais remariée. Mes autres grands-parents n'étaient pas là parce que ma mère était une enfant trouvée. Ma grand-mère le formulait comme ça. Abandonnée sur les marches d'un orphelinat. Je n'ai jamais été placé. La famille de mon grand-père était composée de barons du pétrole et du gaz. Ils ont dévasté la terre et gagné beaucoup d'argent. Et donc après la mort de ma grand-mère, on m'a attribué des tuteurs. Ils effectuaient leurs tâches par roulement. Comme une équipe de relais. Responsables mais distants. Ils se contentaient, en quelque sorte, de répondre à mes besoins élémentaires. Dans la maison qu'elle m'avait laissée. J'étais comme une mouche prise au piège dans de l'ambre. J'ai fini par avoir dix-huit ans et par aller à la fac. Et puis j'ai emménagé à New York. Puis ici. Voilà ma biographie. Je ne me souviens pas de mes parents.

Ardis leva son verre.

— Buvons à leur mémoire.

Sarah commanda un taxi sur une application et les serra tous les deux dans ses bras avant de monter dans le véhicule. Ardis demanda s'il était en voiture et accepterait de la ramener. Elle avait laissé la sienne au travail. Elle n'avait bu que deux verres de vin mais se sentait pompette.

Pas beaucoup mangé aujourd'hui, confessa-t-elle. Pas le temps entre deux séances. Elle ne mangeait pas dans son cabinet parce que l'odeur de nourriture pouvait persister et distraire ses patients. Avant, elle déjeunait dans son cabinet quand son emploi du temps était chargé, lui expliqua-t-elle, jusqu'au jour où un patient aux idées suicidaires avait perçu un relent d'ail et s'était mis à parler pendant cinquante minutes du pesto de sa mère.

Gil avait bu deux bières, mais l'alcool avait été atténué par un prétentieux fagot de frites à l'huile de truffe. Afin de la convaincre qu'il était apte à la conduite, il sauta à cloche-pied sur vingt pas puis exécuta un enchaînement consistant à poser son pouce sur son nez tout en marchant à reculons.

— Tu m'as l'air ivre, le houspilla Ardis. Seul un homme ivre accepterait d'avoir l'air sot à ce point.

— Comment oses-tu ! s'indigna-t-il.

Mais ils souriaient tous les deux.

Après l'arrivée de ses lunettes de vision nocturne, il lui fallut un moment pour maîtriser leurs aspects techniques. Il s'agissait de jumelles qu'on attachait autour de sa tête. Il les mit et se tint devant le miroir. Il ressemblait à un cyborg : mi-homme, mi-machine.

Il acheta également des manchons pour ses mollets – des « guêtres », les appelait-on. Lorsqu'il rôderait dans le wash en se concentrant sur l'optique, il lui faudrait une protection contre les cactus.

Et probablement aussi contre les serpents à sonnette, même s'ils étaient sous terre à cette période de l'année.

Ensuite, il décréta qu'il lui fallait en plus une veste rembourrée.

À un moment donné, il se rendit compte qu'il procrastinait peut-être.

Il reçut un coup de fil bizarre de son avocat, qui était dans l'équipe de son conseiller en patrimoine.

Un homme l'avait contacté. Un homme d'une soixantaine d'années qui se faisait appeler « Dag ». Dag avait effectué des recherches considérables pour retrouver l'avocat et lui avait envoyé une requête par mail. L'avocat avait des réticences à lui envoyer ce message, mais y était obligé, en fin de compte.

Lorsque cet homme était jeune, il avait pris le volant alors qu'il n'était pas en état de le faire, expliqua l'avocat. C'était lui qui avait renversé les parents de Gil.

Il était allé en prison à cause de cet accident et avait fini par être relâché. Mais à présent, il souhaitait parler à Gil.

Sa grand-mère ne lui avait jamais révélé le nom de l'homme. Cette information était publique, mais il n'avait jamais cherché. N'avait pas voulu savoir.

Qu'est-ce que cela lui apporterait à présent d'entendre cet homme parler ?

Rien ne l'y obligeait, vraiment, souligna l'avocat.

À sa place, lui ne le ferait pas. Personnellement. Ah ça, sûrement pas.

Jason avait téléchargé une appli de rencontres. Avait posté une photo et une description de lui. Il les montra à Gil.

Jusqu'à présent, personne n'était preneur.

Homme à oiseaux, disait son profil.

L'association des voisins avait un site internet. Il y était question d'améliorations en matière de signalisation de la voirie, de dos-d'âne, du délai d'intervention des camions à incendie. Il y avait des photos de jardins tous mieux entretenus les uns que les autres, comme pour un concours.

— Clique sur « Choses sérieuses », lui demanda Ardis en se penchant par-dessus son épaule derrière l'ordinateur. C'est là que se trouvent les ragots.

C'était un forum pour les plaintes. Les résidents pouvaient poster en laissant leur nom ou bien de façon anonyme, et l'association donnait suite.

Trois boîtes aux lettres avaient été défoncées. Cela avait-il été filmé par la caméra de surveillance de quelqu'un ?

Une vieille camionnette avait été repérée, et était garée de façon suspecte. La peinture sur son capot s'écaillait. Et une icône colorée de Notre-Dame de Guadalupe était accrochée au rétroviseur.

— Qu'est-ce que ça veut dire ? C'est quoi être garé de façon suspecte ?

— Il suffit de conduire une vieille camionnette, répondit Ardis.

— Et ensuite tu te gares.

— Des pauvres dans le quartier ! Appelez la garde nationale !

Ardis était issue d'un milieu ouvrier.

Un propriétaire n'arrêtait pas de trouver des mégots de cigarettes dans la terre de ses jardinières de choux d'ornement. Il n'avait jamais pris le malfaiteur la main dans le sac. C'était comme avoir un poltergeist, écrivait-il.

— Un poltergeist qui fume, dit Gil.

— Ce sont les plus dangereux. Un fantôme qui ne respecte pas son propre corps.

On avait entendu du rap avec des basses tonitruantes tard la nuit en provenance d'une maison précise. Mais les propriétaires refusaient même d'admettre qu'ils aimaient le hip-hop ! Louaient-ils secrètement leur propriété sur Airbnb ?

C'est à cent pour cent contre le règlement, écrivit quelqu'un avec colère.

Un individu non identifié avait placardé sur des poteaux téléphoniques des affiches faisant de la pub pour une vente de cookies organisée par les filles scouts. Il y avait un numéro de téléphone.

Coller des affiches à but commercial était interdit.

— Le téléphone de cette fille scout est probablement un portable prépayé, dit Gil.

Le chien de quelqu'un était un serial pisseur : il urinait sur le pneu arrière d'une Mercedes classe S.

Un autre chien, ou probablement le même, déposait furtivement des bombes sur des pelouses immaculées.

Son maître ne les ramassait pas. Se servait de son chien comme d'une arme.

Sarah téléphona depuis la maison des voisins pour lui demander si elle pouvait venir chez lui. Elle avait besoin de fuir un peu sa famille. Elle avait cherché un endroit où se cacher pour une heure ou deux, et Ardis et Ted s'étaient révélés occupés.

Gil lui prépara un verre au bar.

Et puis Jason débarqua sans prévenir.

Il leur dit qu'il était frustré par le manque d'intérêt à son égard. Sur l'appli de rencontres.

Sarah demanda à voir son profil.

— Bon, tu veux un retour ? lui demanda-t-elle.

— J'en sais rien ?

— Je vais formuler les choses autrement. Tu veux des rencards ?

Plus que zéro, ce serait sympa, concéda-t-il.

— Eh bien, je ne mettrais pas l'observation d'oiseaux en exergue.

— Mais je ne veux pas sortir avec une femme qui n'est pas passionnée d'ornithologie. Qu'est-ce qu'on pourrait bien faire ensemble ?

— Tu penses que tu ne veux pas. Mais, et si tu l'initiais ? Aux plaisirs de l'ornithologie ?

Jason pencha la tête sur le côté.

— Hein.

— J'ai pas raison ? Il y a tout un univers d'oiseaux là-bas, et tu pourrais l'initier !

— Et si elle n'est même pas en faveur du *Migratory Bird Treaty Act*[4] ?

— À toi de la convaincre.

— Pourquoi tu ne posterais pas au sujet de la caille ? suggéra Ardis à l'heure du cocktail avant le dîner du dimanche chez lui.

Gil était dans son rôle de barman.

— Tu sais. Sur le site du quartier ?

Gil réfléchit avant de secouer la tête.

— Ben, en fait, c'est la saison de la chasse à la caille. Jusqu'en février. C'est illégal uniquement si je prouve que ça se passe la nuit. Pendant la journée, c'est tout à fait légal. Sur des terres de l'État. Il me faut l'élément de surprise.

— Montre-nous ton matos, l'encouragea Ardis.

— Vraiment ?

— Carrément, dit Ted. On veut te voir en mode arrestation de citoyen.

4. Loi fédérale de 1918 interdisant de tuer, capturer, vendre ou transporter des oiseaux migrateurs protégés sans permis spécial.

Gil quitta le bar et alla dans sa chambre. S'équipa. Lunettes incluses.

Il avait l'air noir et massif, comme un mec des SWAT.

Ensuite, il rejoignit la zone du bar en se faufilant derrière eux. S'accroupit furtivement, caméra en main. Toussa de façon théâtrale.

Lorsqu'ils pivotèrent, il photographia leurs visages.

— Ah ouais, la vache ! s'exclama Ted. L'habit fait le moine, finalement. Honnêtement, je suis intimidé.

— J'éprouve un respect d'un genre nouveau à ton égard, dit Ardis.

Il y eut Noël, qui se termina. Gil le passa chez les voisins. Clem reçut un nouveau téléphone, et Tom une rampe de skate pour le jardin.

Le soir du réveillon, la famille de Sarah était déjà partie. Son neveu âgé de deux ans s'était entraîné à la propreté dans le salon, leur raconta-t-elle. Il était resté assis sur son pot de voyage comme sur un trône, inspectant calmement canapés, membres de la famille et repas. Il regardait des vidéos sur une tablette en délibérant.

Essentiellement des vidéos de femmes à la voix douce, qui sortaient lentement des jouets de leur emballage en plastique.

Sarah organisa une soirée pour fêter sa libération. Elle regorgeait de chirurgiens venus avec leur famille. Les chirurgiens buvaient comme des trous. Gil n'avait jamais vu des gens boire autant. Pas depuis cette fête mémorable en dernière année de fac, en tout cas.

Un cothurne l'y avait traîné. Après un incident de bière-pong, un étudiant d'une fraternité avait été hospitalisé suite à une intoxication à l'alcool. On le surnommait la Crampe.

Ils regardèrent la boule géante descendre sur Time Square à la télévision. Pas encore minuit dans l'Ouest, mais tout le monde semblait s'en moquer. Les gamins jetaient des confettis partout. Tom était en liesse.

— Ça va être un enfer à aspirer, dit Gil à Sarah.

Plus tard, elle eut envie qu'ils couchent ensemble, et lui aussi.

Il avait oublié comment c'était de se sentir désiré.

Avait connu ça une fois, il y avait bien longtemps. Quoique seulement pendant six mois, finalement.

On se sentait vivant. Juste plus que d'habitude.

Corbeaux

Dag, qui avait tué les parents de Gil, n'avait pas les ressources pour pouvoir voyager, mais avait demandé un face-à-face.

— Il veut te voir en visio ? demanda Ted.

Gil hocha la tête.

— Pourquoi en visio ? demanda Ardis.

— Plus personnel, a-t-il dit.

— Ce mec ne recule devant rien, s'indigna Ted.

Sa première expédition nocturne se révéla infructueuse, tout comme la deuxième. Il longea le wash en tripatouillant ses lunettes. En évitant les cactus. Vit le train arrière d'un coyote qui s'éclipsait derrière un buisson. Sa queue touffue.

Une fois, il vit un grand-duc d'Amérique en vol.

Au bout d'une heure ou deux, il se lassa et rentra se coucher.

Sarah surnommait cela ses « sorties ».

— Que feras-tu ? lui demanda-t-elle. Si tu tombes sur un type armé qui rôde dans les parages ? Il aura lui aussi le matos de vision nocturne, pas vrai ? Et si tes soupçons sont exacts, il a de la bouteille. Vraisemblablement. Et toi t'es juste un bleu. Il te verra peut-être en premier.

— Je me baisserai. Je me cacherai. J'essayerai de le prendre en photo. Et même si je n'y arrive pas, je le suivrai. Je verrai dans quelle maison il entre. Et puis, plus tard, nous pourrons avoir une discussion civilisée.

— Ah. Une opération secrète. J'espère que tu ne te feras pas tirer dessus.

Jason avait eu trois rendez-vous différents avec trois dames différentes – il employait toujours le mot « dames » –, mais aucune n'avait accepté ses invitations à aller voir des oiseaux.

Ces rendez-vous ne s'étaient pas bien terminés.

— Écoute. Si je fais cet appel vidéo, est-ce que ça t'embêterait d'être là, avec moi ? demanda-t-il à Sarah.

Peut-être cet homme avait-il besoin de reconnaître le passé. Peut-être était-il aisé de lui accorder un peu d'espace pour qu'il tente de faire amende honorable.

— C'est-à-dire que... que je ne comprends pas trop pourquoi tu accepterais de lui parler.

— Juste au cas où.

— Au cas où quoi ?

— Au cas où ce serait important. Pour lui. Pas pour moi.

— Je n'y suis pas favorable. Mais si tu sens que tu dois le faire, je serai là.

Gil se sentait plus heureux quand elle était là. En général. Et en particulier.

Parfois, il avait du mal à croire. Qu'elle veuille être avec lui.

Mais elle le convainquait.

Ardis n'arrêtait pas de répéter qu'il fallait qu'il organise une fête. Dans la foulée de sa pendaison de crémaillère. Les voisins ne se parlaient plus. Ils pourraient être les grands rassembleurs. La nourriture gratuite était le ciment de la solidarité.

Sérieusement. Cela aiderait à construire une communauté, soutenait-elle.

Pour les fêtes, les châteaux étaient mieux que les maisons de verre, disait-elle. Les niches cachées et les renfoncements, mais aussi les vastes pièces. Les recoins sombres, les alcôves secrètes.

Il n'était pas obligé d'en faire beaucoup lui-même. Il pouvait solliciter un organisateur d'événements, s'il le souhaitait.

Sarah proposa son aide.

Au début, il résista.

Après une minute d'errance sur l'interface, il vit l'appel entrant et cliqua sur le bouton pour répondre. Derrière lui, adossée à un siège, Sarah buvait un café.

Dag était un homme âgé banal, dont le visage pâle était maculé de rougeurs. Il avait des trous à la place de certaines dents. Sa vie n'avait pas dû être facile.

Il toussa, remercia Gil de prendre son appel. Il voulait lui dire qu'il pensait encore à ses parents. Même si quarante ans s'étaient écoulés. Il avait aussi pensé à Gil, quand il était en cabane. Gil avait-il reçu ses lettres, quand il était gamin ?

Non, répondit Gil. Pas de lettres.

Même si une lettre envoyée de prison était parvenue jusqu'à sa grand-mère, jamais celle-ci ne la lui aurait remise. Pas plus qu'elle ne l'aurait ouverte. Le courrier aurait fini à la poubelle sans que sa grand-mère hésite un seul instant.

Dag souffrait de lupus, entre autres maladies. Il habitait dans ce que Gil devina être un centre de réinsertion – un foyer pour hommes, comme il disait. Il se servait d'un ordinateur partagé pour l'appeler. Il avait eu du mal à trouver un emploi stable, après sa sortie de prison. Il avait été victime d'une addiction aux opiacés.

C'était une épidémie.

— Oui, répondit Gil. Je sais. Je suis navré de l'apprendre.

Mais il s'était désintoxiqué et était sobre depuis sept mois. *Sobre comme un juge*, dit-il.

— Ça doit être dur, compatit Gil.

— Merde. J'ai compris ! murmura Sarah. Il va te demander de l'argent.

Gil secoua la tête, incrédule.

Dag expliqua que son foyer pour hommes était dans la région de Baltimore. Il y avait des cafards dans la salle de bains partagée. De la taille d'un pouce, précisa-t-il. La cuisine commune ne disposait pas de four. Il devait acheter sa nourriture dans la mini-épicerie d'une station-service, parce qu'il ne pouvait pas conduire et qu'il n'y avait pas de supermarché dans le coin.

Les mini-épiceries vendaient des burritos qu'on pouvait passer au micro-ondes, en revanche. Et des hot dogs.

Heureusement, poursuivit Dag, Jésus-Christ était son ami.

— Ah. Oui, son ami, répéta Gil.

— Mais Jésus est toujours fauché, murmura Sarah.

Dag expliqua qu'il faisait de son mieux chaque jour. Mais que le système était verrouillé pour les gens comme lui. Les portes étaient condamnées. Comme la prison. Même une fois sorti, vous étiez encore dedans.

Gil ne pouvait pas comprendre comment c'était. Pourtant, ouais, s'il pouvait faire quelque chose pour l'aider... Dag avait prié pour que cela arrive.

— Mais que puis-je faire ? demanda Gil.

Il ne voulait pas admettre que Sarah avait eu raison.

— Si t'as quelque chose à me donner, mec. Tu sais. Même un tout petit truc, juste.

— Nous y voilà, constata Sarah.

Il était possible qu'il fasse une fixation sur les excuses. S'attendait toujours à ce que les gens présentent leurs excuses, et se sentait ensuite légèrement lésé lorsque cela n'arrivait pas. Était-ce là un signe révélateur d'une terrible pathologie ? D'un trouble de la personnalité narcissique ? D'un complexe de persécution ?

Il poserait la question à Ardis.

Ou bien peut-être que les gens présentaient leurs excuses, mais que celles-ci n'étaient jamais à la hauteur des grandes exigences que l'on avait. Par exemple, Dag avait dit qu'il pensait aux parents de Gil. Il avait dit qu'il avait écrit des lettres. Et peut-être était-ce vrai. Peut-être avaient-elles valeur d'excuse. Peut-être avait-il tout dit dans ses lettres et n'y avait-il rien d'autre qu'il puisse ajouter.

Gil resta éveillé à penser à la requête de Dag. Bien sûr, elle était déplacée. Tellement bravache que c'en était insultant. Aucun homme ayant tué les parents d'un autre type après avoir pris le volant en état d'ivresse ne devrait ensuite se sentir en droit de lui demander son héritage.

Néanmoins, Gil avait cet héritage. Lui non. Et c'était logique de demander. Si vous vous fichiez de savoir si cela se justifiait.

On ne peut pas aider tout le monde, disait Sarah. Philanthropie, niveau débutant. Pourquoi choisir de l'aider lui ? Il y avait des tas de gens dans le monde qui en avaient besoin. Des gens qui n'avaient jamais tué personne.

Gil lui raconta qu'un jour, alors qu'il venait de terminer la fac, il avait décidé de renoncer à la fortune mal acquise de ses grands-parents. Et de se débrouiller.

Pendant plusieurs semaines après avoir pris cette décision, il s'était senti euphorique. Tellement euphorique qu'il pouvait à peine le contenir. Comme s'il était debout au bord d'un immense abîme, pas sombre mais rempli de lumière. Des falaises imposantes et une rivière étincelante.

Comme le Grand Canyon, peut-être. Même s'il ne l'avait jamais vu.

Un royaume de possibilités – sa vie n'était plus fixée. Sa vie pouvait être n'importe quoi.

Où qu'il aille, quoi qu'il fasse pendant ces quelques premières semaines, tout avait des couleurs éclatantes. Il écoutait de la musique qui l'inspirait, était empli d'un surplus d'énergie à son réveil. Il se mettait à courir sur le trottoir, ne se rendant compte que lorsqu'il ralentissait qu'il souriait comme un fou.

Il avait fait part de sa révélation à Hadley au cours de l'un de leurs rares rendez-vous en personne.

En l'énonçant, cependant, Gil se rendit compte qu'il n'arrivait pas à lui rendre justice.

Il n'arrivait pas à expliquer à Hadley, dans son bureau fait de cuir et de boiseries en chêne doté de beaux aménagements et offrant de vastes vues sur la ligne d'horizon de Manhattan, à quel point cet argent était un manteau de honte qu'il était contraint de porter en permanence.

Ni comment, à l'idée de ne plus l'avoir, il avait eu l'impression de découvrir qu'il savait voler.

La plupart des gens, lui avait alors dit Hadley, avaient le sentiment inverse. Car en réalité, c'était l'argent qui vous libérait. Pas le fait d'en manquer. Gil ne pouvait pas encore le savoir parce qu'il avait toujours eu de l'argent. Mais à l'instant où il n'en aurait plus, il verrait.

En réalité, avait voulu dire Gil, il n'avait pas toujours eu de l'argent. En tout cas, pas à sa connaissance. Dans la maison grise de sa grand-mère, ils avaient vécu simplement, comme elle l'avait toujours fait. De façon austère, même. Au dîner, il fallait tout manger jusqu'à la dernière miette, faire partie du « club des assiettes propres ». Et il n'y avait jamais de dessert.

Sauf, en de rares occasions, des pommes cuites agrémentées de cannelle. Sa spécialité.

Il avait cinq tenues, une pour chaque journée d'école, qu'il lavait et séchait lui-même le week-end. Ses vêtements – des pantalons à pinces en serge et des chemises à col boutonné – ne ressemblaient en rien à ce que portaient les autres enfants.

Au collège, Gil avait été un paria. Surtout à cause de ces vêtements.

Il lavait aussi ses deux ensembles de « nippes pour jouer », comme elle les surnommait – des pantalons en velours évasés à la coupe bizarre et des pulls en laine –, ainsi que les habits de sa grand-mère. Il s'en souvenait parfaitement : des grands sous-vêtements carrés, des bas couleur chair et des jupes en tweed. Elle lui avait appris à plier et à repasser le linge, mais son arthrite l'empêchait de l'aider.

Pour Noël, il y avait une chaussette remplie de noix entières et d'oranges à écorce épaisse difficiles à peler – qui étaient dures à l'intérieur et pleines de pépins. Sous l'arbre, il trouvait une paire de nouvelles chaussures ou de nouvelles bottes qu'elle avait choisies pour lui, et deux ou trois livres à caractère éducatif. Ils étaient consacrés à des sujets comme la course d'orientation ou aux méthodes pour faire du feu avec des bouts de bois.

Une fois, un jeu de plateau : le Parcheesi.

Après sa mort, Gil avait vécu à peu près de la même façon avec ses tuteurs. Sauf que ses vêtements étaient à présent un peu plus dans la norme puisqu'il avait le droit de les choisir lui-même lors de sorties shopping surveillées. Sa cote s'en était trouvée améliorée.

Chaque Noël, lorsqu'il était adolescent, il recevait un bon d'achat et une chaussette de confiseries achetée déjà garnie.

Il avait dû attendre ses dix-huit ans pour que les administrateurs lui parlent de l'argent. Au début, au cours de la réunion, il avait trouvé la nouvelle fantastique. À Noël, il pourrait désormais s'acheter tout ce qu'il voudrait.

Plus jamais une orange à l'écorce dure. Plus jamais de noix. Ou de chaussette de Noël aux allures de filet à provisions.

Mais la lourdeur de la situation n'avait pas tardé à arriver.

Hadley ignorait ce qu'il avait vécu. Et Gil n'arrivait pas à le lui faire comprendre. L'avocat avait écouté patiemment en hochant la tête pendant qu'il lui expliquait avec sincérité que d'un point de vue moral, il fallait que tous les gens très riches donnent leur fortune.

En premier lieu, ceux qui ne l'avaient pas méritée. Et ensuite, ceux qui avaient tout bonnement trop d'argent.

En entendant cela, Hadley avait grimacé. Ostensiblement.

Mais si Gil voulait se montrer vraiment honnête, là n'était pas sa raison.

Sa raison, c'était lui-même. La perspective de se sentir libre.

Hadley lui avait assuré qu'il comprenait, et que s'il s'agissait de sa décision finale, il était disposé à liquider son capital. Il n'était là que pour répondre aux volontés de Gil. Et lui proposer ses conseils professionnels.

Il ne lui demanderait qu'une seule chose : prendre une année pour bien y réfléchir. Une année entière. Hadley se devait de lui demander cela en l'honneur de sa grand-mère. Elle aurait insisté.

Vous êtes très jeune, avait ajouté Hadley avec gentillesse. Et condescendance, mais dans l'intention d'être gentil. Les jeunes sont impulsifs. Et cet héritage était le fruit de la sueur et du labeur de plusieurs générations.

Oui, avait rétorqué Gil. Des générations de gens extérieurs à sa famille, qui avaient travaillé dur. Et qui en échange n'avaient eu que des cacahuètes.

Il pensait avoir marqué un point avec cet argument.

Mais Hadley s'était contenté de sourire.

Durant l'année à venir, avait-il poursuivi, il faudrait que Gil réfléchisse à une chose : il pourrait donner beaucoup plus, sur le long terme, s'il conservait son capital, faisait don des sommes de son choix et vivait modestement sur une fraction des dividendes et des intérêts générés. Il pourrait se considérer comme un simple dépositaire de ces actifs possédant le droit de les débourser à sa guise.

Vous finirez peut-être par comprendre, avait dit Hadley, qu'il ne s'agissait pas d'*accumuler* de la fortune mais de *gérer* une fortune philanthropique.

Au bout du compte, Gil avait accepté l'année de réflexion, même s'il était sorti abattu de ce rendez-vous. Il avait l'impression qu'on lui avait fait les poches.

Après cet entretien, il ne se mettait plus à courir sur les trottoirs. Il marchait d'un pas régulier comme tout le monde.

Et avant la fin de l'année, il avait rencontré Lane.

Lorsqu'il lui avait exposé sa vision de la liberté, elle lui avait passé un sacré savon. Elle lui avait dit sans ambages que s'il faisait don de toute sa fortune, il était un idiot patenté.

Pas un crétin, pas un imbécile, mais un parfait idiot.

Ces termes correspondaient à une gradation utilisée par les médecins de jadis. À des niveaux de déficience mentale, avait-elle précisé.

Lane n'avait jamais changé d'avis, alors il avait laissé le reste de l'année s'écouler.

Et bien d'autres encore ensuite.

— Bon sang. Je m'en foutrais si tu renonçais à ton argent, lui dit Sarah. Enfin, garde quand même la maison. J'aime vraiment cet endroit. Et peut-être un petit pécule pour les factures de clim.

Mais le fait que Dag doive acheter ses repas à la station-service ne le quitta pas.

Le type devait être tourmenté par le regret. Il avait commis une erreur dans sa jeunesse, et en quelques secondes sa vie lui avait été enlevée.

— T'as pas intérêt ! le mit en garde Sarah.

Ils se rendirent dans les montagnes en voiture. C'était un long trajet qui empruntait des routes sinueuses. Le paysage, qui s'élevait abruptement depuis le sol du désert, devenait alpin.

Il y avait des pins et d'autres conifères là-haut, et lorsqu'ils arrêtèrent la voiture au bord de la route et pénétrèrent à pied dans la forêt, ils furent assaillis par de grands geais bleus tapageurs. Les oiseaux les suivirent le long du sentier en jacassant fort.

Sous leurs pieds, un lit d'aiguilles de pin marron crépitait, et une odeur fraîche flottait dans l'air.

Ils dînèrent dans un snack dans une petite ville. Camions boueux, hommes coiffés de chapeaux de cow-boys. Tout le monde sauf eux appelait les serveuses par leur prénom. Le *diner* prétendait être réputé pour son chili. Certains écrans de télévision diffusaient Fox News. D'autres, du football.

— On ferait mieux de retourner dans notre chambre, dit Sarah.

Ils avaient réservé dans le seul endroit qu'il y avait dans le coin, décrit comme un « chalet familial ».

— Déjà ? Malgré la déco tout en froufrous ? Et les bols en forme de cœur remplis de pétales de fleurs séchées ? Comment t'as appelé ça déjà ?

— Des pots-pourris.

— Même avec cette poupée assise comme une vraie personne sur la chaise de notre chambre ? Avec les nattes blondes ? Cette poupée qui te regarde avec ses yeux bleus aveugles ?

— Même. Dans notre chambre, au moins, on a de quoi s'occuper, répondit Sarah.

Lorsqu'ils arrivèrent dans la chambre, ils tournèrent le visage de la poupée vers le mur, mais l'arrière de sa tête était pire encore. Cette poupée, c'était un film d'horreur en puissance, déclara Sarah. Elle la flanqua dans la commode.

Si jamais ils batifolaient sous les yeux de cette poupée, à tous les coups ils finiraient assassinés.

Poignardés, probablement. Les poupées s'en prenaient d'abord aux pécheurs.

Un après-midi, Jason se présenta à la porte d'entrée du château accompagné d'une dame. Il n'était pas du genre à appeler pour prévenir de son passage. Il était venu avec son rencard parce qu'il ne savait pas quoi faire d'autre.

Gil leur prépara des sandwichs et leur suggéra d'aller se promener dans le wash. Il faisait doux en cette journée de printemps.

Oh, non, dit le rencard. L'exposition aux plantes réactiverait ses allergies au pollen. Elle ferait une crise d'urticaire. Et puis les lits des rivières étaient constitués de sable. Et dans le sable, de nombreux pathogènes étaient latents. Les hantavirus et la fièvre de la vallée pourraient se manifester. Elle avait connu une femme qui était morte.

Gil attendit, pensant que l'histoire ne s'arrêtait pas là. Mais non.

Elle avait aussi des sensibilités en intérieur. Avait-il recours à des désodorisants ici ? Ceux qu'on branchait dans les prises ? Il lui semblait détecter une note d'agrumes artificiels.

Pas de désodorisants d'intérieur, dit-il. Absolument aucun. Il pouvait affirmer la conscience tranquille ne jamais avoir acheté d'articles de ce genre.

Les produits chimiques qu'ils contenaient étaient une sorte d'arsenal biologique, poursuivit le rencard. Ils fabriquaient des distributeurs en forme de fleur. De cœur et de diamant ! Mais ces distributeurs étaient des vaisseaux à poison.

Lorsqu'elle entrait dans des toilettes qui contenaient des désodorisants, elle sentait réellement des lésions cancéreuses pousser à l'intérieur de ses poumons. Ou dans son œsophage. Elle tournait les talons et prenait ses jambes à son cou quand elle sentait les lésions germer. Tant pis si elle avait terriblement envie d'uriner.

Gil lui demanda si les lésions continuaient de croître une fois qu'elle avait fui les toilettes polluées.

Elle n'en savait rien, répondit-elle. Sa mâchoire était crispée. Elle l'ignorait tout bonnement.

Au bout d'un moment, Gil parvint à les convaincre d'aller se promener sur la chaussée. Les maladies s'y nichaient rarement. Jason se retourna pour le regarder tandis qu'ils commençaient à marcher sur le trottoir, et il lui adressa un signe de la main.

Sarah, qui aimait faire du VTT dans les monts de la Superstition les jours où elle ne travaillait pas, avait décidé de traverser la ville à vélo pour venir au château quand elle n'avait pas le temps de partir en excursion en dehors de Phoenix. Elle venait à peine de ranger son VTT dans le garage de Gil – qui la regardait gravir les marches en détachant son casque – lorsque la femme phobique réapparut devant sa porte.

— Au secours ! Au secours ! s'écria-t-elle.

Son corps était immobile, mais « Au secours ! Au secours ! » sortait de sa bouche en un petit cri aigu.

Gil et Sarah se précipitèrent dans la rue et trouvèrent Jason assis, penché au-dessus de ses genoux, sur le muret en stuc d'un voisin.

— Je ne pouvais plus respirer. Plus respirer !

Manifestement, le pire était passé. Sarah n'avait pas sur elle son matériel médical, mais elle s'assit sur le muret à côté de lui et l'aida à respirer doucement. Certainement une crise d'angoisse, dit-elle.

La femme phobique partit sur-le-champ – ils étaient venus dans deux voitures différentes, leur expliqua Jason après son départ. Au cas où il serait un kidnappeur ou un violeur.

Une fois de retour à la maison, Sarah lui servit et resservit de la bière sans alcool et lui demanda ce qui s'était passé avant la crise d'angoisse.

— On marchait juste.

— Y avait-il une conversation ? demanda-t-elle.

— Sur les pigeons migrateurs. Je lui ai dit qu'avant, ils emplissaient le ciel. En grosses nuées qui cachaient le soleil. Et puis nous les avons chassés et avons brûlé leurs arbres jusqu'à ce qu'ils disparaissent.

— Et ?

— Elle a dit que les pigeons étaient des rats volants. Immondes.

— Et ensuite ?

— Un truc sur la grippe aviaire ? Je ne me souviens plus.

— Hum. Eh bien, déclara Sarah avec gravité. Elle n'est peut-être pas faite pour toi.

Gil avait l'habitude de survoler sa messagerie sans lire. Il n'avait jamais reçu beaucoup de courrier personnel. Encore moins depuis que Van Alsten n'était plus là. Celui-ci lui envoyait de temps à autre un article satirique ou une info.

Rarement, Vic écrivait. Ou Rajiv. Mais pas depuis un moment.

Étrange donc de voir le nom de Lane dans la colonne des expéditeurs. Cela ressemblait à un e-mail de groupe, l'annonce d'une start-up. Un site. Ou un commerce. Un site pour un commerce.

L'e-mail de groupe était personnalisé. Son nom était inscrit dans le champ « Cher xxx ».

Lane cherchait des investisseurs.

Elle lui avait envoyé une brochure.

Jadis, une espèce de rat vivait sur une île de l'océan Indien. C'était un animal qui grimpait aux arbres, qui était dodu, amical et actif, et ne redoutait pas les humains.

Et puis des marins étaient arrivés, apportant d'autres rats dans la cale de leur navire. Ces rats étaient porteurs d'une maladie exotique. Les rats locaux n'étaient pas immunisés, alors en trois décennies ils avaient disparu.

Un siècle plus tard, on découvrit qu'une puce avait disparu en même temps qu'eux – une espèce de puce que la science n'avait jamais décrite. Elle n'avait vécu que sur ces rats.

Ted avait entendu parler de cette puce à la radio alors qu'il conduisait. Il était venu lui rendre visite avec Tom, et ils étaient installés dans le salon. Gil était derrière le bar. Tom mangeait l'un de ces sandwichs à la crème glacée que Gil achetait pour lui et gardait au congélateur.

— Ça, c'était une émission de la radio publique pour toi, dit Ted. Une histoire sur une puce. Et encore, là, c'est moi qui te la raconte.

— J'ai bien aimé cette histoire, dit Tom. Tout le monde s'en fiche des puces.

— À part les rats, fit remarquer Gil. Et les chats. Et les chiens.

— Et leurs maîtres, ajouta Ted.

— Mais peut-être que l'une de ces puces a eu une idée de génie, poursuivit Tom. Peut-être qu'elle savait un truc que nous, on connaît pas.

— J'en doute sérieusement, dit son père.

— Dis ce que tu veux, répondit Tom en haussant les épaules.

Il avait terminé le sandwich à la crème glacée et avait des morceaux spongieux marron collés sur les doigts. Il prit l'emballage en papier blanc et lécha un petit reste de glace.

— Mais c'est juste ton avis, papa. Tu ne le sauras jamais, jamais.

Jason avait décidé d'arrêter les rendez-vous pour quelque temps. Le célibat était un choix de vie. Tout aussi gratifiant que d'autres choix de vie.

Avant, il pensait qu'il aurait été un aigle, s'il était né oiseau. À présent, il pensait plutôt être un corbeau, confia-t-il à Gil dans la cuisine du refuge, en piochant dans une boîte de mélange apéritif qu'il avait apportée.

Les corbeaux, comme tous les corvidés, sont extrêmement intelligents, dit-il. Ont probablement même une théorie de l'esprit. Ils peuvent anticiper le comportement des autres. Solitaires, mais une fois en couple, ils restent avec le même partenaire. Les deux parents prennent soin des petits.

Bien que, concéda-t-il, les biologistes n'aient pas prouvé qu'il n'y avait pas de copulation en dehors du couple.

Les mœurs sexuelles des corbeaux étaient difficiles à étudier. Ces oiseaux pouvaient vivre plus de cinquante ans.

— Notre corbeau est un généraliste. De nombreux ornithologues aiment observer les spécialistes à l'habitat extrême et au régime alimentaire unique. Aiment voir les espèces rares et menacées. Moi aussi, bien entendu. Mais les espèces généralistes, qu'on pourrait surnommer les « mauvaises herbes », sont celles qui survivront. Dans le nouveau monde. Comme les gens. Et certains rats. Les spécialistes, y en a plein qui vont disparaître. Tous les oiseaux, d'une manière générale. Depuis 1970, nous avons perdu pratiquement un tiers de la population d'oiseaux. Rien qu'ici, aux USA. Peut-être trois milliards. J'ai lu ça dans la revue *Scientific American*. Adieu, alouettes, adieu, merles et fauvettes. Et même, adieu moineaux domestiques.

— C'est... commença Gil. C'est incroyablement triste, Jason.

Ce dernier hocha la tête avec impatience. Pour lui, rien de neuf sous le soleil.

— Il faut être généraliste, dans ce nouveau climat. Mais cela ne suffit pas non plus. Si l'environnement est saturé de poison. Nous parlons de pesticides, surtout. Des produits agrochimiques partout. Regarde les moineaux. Enfin bref... je choisirais le corbeau. Un corbeau peut tuer, mais mangera-t-il des ordures s'il le faut ? Oui, parfaitement.

— C'est bien d'être flexible.

— Et bien sûr, ce sont des rusés. Les Indiens le disent. Véridique : ils retirent les étiquettes sur les barils de déchets radioactifs.

— Diabolique, estima Gil.

Jason demeurerait chaste. Se réserverait pour une dame corbeau.

Pour l'heure, il avait d'autres chats à fouetter, car Ricki, la pensionnaire en denim, l'avait dans le collimateur. Il ne savait pas pourquoi. Il avait dû faire quelque chose qu'il ne fallait pas. À présent, elle le suivait partout, le harcelait.

— Elle n'arrête pas de me dire des trucs.

Ce jour-là, ils étaient assis sur le perron d'une entrée secondaire du refuge, qui donnait sur un auvent pour voitures et un buisson de laurier-rose aux fleurs rose pétant. Jason fouilla dans sa poche et en sortit une barre de céréales écrabouillée.

— Comme quoi, par exemple ?

— Elle me demande : où est-ce que j'ai acheté ces chaussures. Elle croyait qu'on ne pouvait plus acheter ce genre de Wallabees depuis la fin des années 1970. Ou bien : est-ce que j'ai tenté le programme de restauration capillaire Hari Club pour hommes. Elle me dit que toutes les morphologies sont naturelles, et que du coup, je devrais avoir une vision positive de mon corps. Mais ensuite, elle rit.

— Ça vaut ce que ça vaut, mais un jour, elle m'a traité de couille molle.

Le jour de la fête, le château fut envahi par les employés en chemise blanche du traiteur. L'équipe était constituée d'une femme maigre et autoritaire et de ses assistants, deux grands types lents et hirsutes qui portaient les choses lourdes. Des tailleurs de pierre, pensa Gil.

Dès qu'il put s'éclipser, Gil se replia dans son bureau. Il s'assit à sa table et alluma son ordinateur portable pour parcourir des articles sur l'actualité. Consulta sommairement sa boîte mail.

Il avait un e-mail de son avocat. Dag avait écrit à Gil, en passant par la messagerie de l'avocat, lequel lui faisait suivre son texte en dessous. L'avocat lui recommandait cependant de ne pas lire ce message. Il contenait des informations sensibles de « nature personnelle ». Mais il lui avait semblé devoir laisser le choix à Gil.

Gil cliqua pour refermer l'e-mail de l'avocat, réfléchit.

Au bout du compte, la curiosité eut raison de lui.

Il rouvrit le message. Et fit défiler le texte.

Cher Gil. À la Neuvième étape on se Rachète. Je conduisais quand tes parents ont été percuter, et comme tu sais j'étais pas sobre. À cause de la Maladie.

J'ai vu un chat traverser la route. J'ai essayer de braquer et mon camion c'est retrouver sur deux roues. J'ai cogner ma tête contre la vitre. J'ai étais sonner mais j'ai senti mon camion érafler une voiture garée à grande vitesse.

Un Couple était sur le trottoir. Ils étaient dans l'ombre des arbres. Derrière un panau qui disait en lettres rouges Stationnement interdit. Je me souviens que ta mère avait une jupe bleue. Longue. Ils étaient debout là tout près. Peut-être qu'ils s'embrassaient. Ils regardaient pas et leur visage était dans l'ombre. Je les ai juste vu vite frait.

J'aurai du fréner sauf qu'à la place j'ai voulu tourner mais j'ai pas réussi à faire marcher le volant. L'avant de mon camion est rentrer dans le panau d'abord et ensuite il s'est effrité sur la calanque et j'ai fermer les yeux une seconde. Et quand je les ai ouvert le panau les frappait et le camion aussi.

Voilà c'est comme ça que sa c'est passer. J'espère que ça t'aide à tourner la page.

Signé « Dag ».

Gil resta à regarder les mots *le panau les frappait.*

Dag voulait probablement écrire « effondré », mais l'image qui lui parvint fut celle d'un panneau « Stationnement interdit » qui se désintégrait. Qui se dissolvait en particules tandis qu'il se combinait avec le camion, puis avec ses parents. Un nuage de petits points, de lettres rouges qui s'émiettaient comme des mottes de terre.

Il se rassit et ferma les yeux. Essaya de faire le vide dans son esprit. Mais il n'arrêtait pas de voir le métal gris plomb d'un poteau de panneau, et puis l'avant d'un camion percutant les silhouettes de ses parents. Tous deux enlacés, ne se doutant de rien.

Pourtant, leur visage était statique et posé, c'était celui qu'ils affichaient sur le portrait de famille. Il voyait une jupe bleue mais ne parvenait pas à remplir les blancs.

On n'avait jamais su ce qui les avait percutés, avait dit sa grand-mère. Ils avaient confié Gil à une baby-sitter pour aller voir un film.

Soudaine et sans douleur.

Est-ce que cela pouvait toujours être vrai ?

La soudaineté, en tout cas.

Il avait toujours cru que ses parents se trouvaient dans une voiture lorsqu'ils avaient été percutés par un autre véhicule. En de rares occasions, quand il n'avait pas pu s'empêcher d'essayer de se représenter l'événement, il y avait simplement l'image de deux voitures entrant en collision.

La première fois, sa grand-mère lui avait expliqué les choses après ses dessins animés du samedi matin. Alors il avait fait apparaître dans son esprit deux voitures de dessin animé, un impact de dessin animé. Une voiture bleue, l'autre jaune. Il n'avait pas ouvert les voitures pour les remplir de parents – il s'était contenté de quelque chose de simple. Des voitures de dessin animé et des vagues d'impact au moment de la collision.

À l'adolescence, il avait ajouté quelques détails supplémentaires à ce souvenir fabriqué.

Une ambulance de dessin animé.

Des brancards de dessin animé et dessus, des silhouettes de dessin animé allongées sur le ventre.

À cette époque-là, le dessin animé était passé en noir et blanc. Les couleurs primaires avaient disparu.

Mais il s'était toujours efforcé de ne pas visualiser les blessures. Il n'avait jamais regardé à l'intérieur des voitures.

Et voilà qu'un homme qu'il n'avait jamais rencontré avait cliqué sur « Envoyer » pour faire partir un e-mail.

Il aurait dû écouter l'avocat.

Il descendit un whiskey avant l'arrivée des invités. Il y eut un moment, lorsque ces derniers entraient à la queue leu leu dans le vestibule et qu'il leur serrait la main, où le contentement le submergea. Ardis avait accroché des lanternes en papier coloré, alors il se tenait dans une voûte de lumière ambrée. Sarah à côté de lui, un bras autour de sa taille.

Mais pendant la majeure partie de la soirée, une création imaginaire trembla aux abords de son champ de vision, une longue case bleue, et au-dessus, une arme anguleuse en métal gris terne. Des rectangles blanc et rouge.

À 2 heures du matin, l'équipe du traiteur était partie, tout comme Ted et Ardis. Lui et Sarah déambulaient parmi les reliefs de la soirée : du vin et de la bière répandus sur le parquet en bois massif, des morceaux de pain écrabouillés sur des petits tapis, des restes de fruits et de fromage sur des plateaux. Des tas de verres à moitié vides disséminés sur des rebords et des fenêtres.

Quelques invités ne semblaient pas disposés à partir. L'un d'eux, un type appuyé au dos d'un canapé, semblait occupé à taquiner quelqu'un d'autre. Une blonde aux cheveux courts vêtue d'un combi-pantalon. Il enfonçait son index dans son épaule en lançant d'une voix forte et accusatrice : *Hillary !* Index. *Hillary !* Index. *Hillary !* Index.

— Je devrais lui dire de partir ? demanda-t-il à Sarah.

De petites taches empourpraient le haut des pommettes de celle-ci. Le vin et le mouvement. Il pensa : elle est heureuse, là, maintenant.

Il voulait qu'elle demeure heureuse. Toujours.

— Hé. Je suis fatiguée. J'ai pratiqué trois opérations aujourd'hui. Je vais me coucher. D'accord ?

Il l'embrassa et la regarda gravir l'escalier. Puis pivota et resta à une dizaine de pas de l'homme qu'il observa tandis que celui-ci poursuivait sa comédie. Lui et sa camarade s'étaient déplacés, et se trouvaient à présent devant une cheminée. Elle était adossée au manteau. Elle sirotait une boisson mais brandissait le verre entre eux.

— Hello, salut, dit Gil en s'approchant d'eux.

S'adressant à elle :

— Tout va bien, ici ?

Elle hocha la tête mais ne semblait pas très convaincue.

— Bon. Je crois que ça retombe un peu.

L'homme ivre se retourna. Son visage paraissait gris, comme recouvert d'une pellicule. Peut-être simplement luisant de sueur.

— Ça retombe un peu, répéta-t-il pour se moquer. Ça retombe un peu.

La femme, mal à l'aise, ne regardait que Gil.

— Je vais vous raccompagner, lui dit-il. Vous habitez à côté ? Ou dois-je appeler un taxi ?

— J'habite vraiment tout près. J'étais sur le point de partir mais...

L'ivrogne posa brutalement son verre sur le manteau de la cheminée et le liquide déborda.

Elle ne voulait pas qu'il la suive. Clairement.

— Je vous raccompagne.

— Putain, j'ai pas besoin de..., marmonna l'ivrogne.

— En fait, je m'adressais à elle, clarifia Gil.

Mais l'homme les suivit tandis qu'ils regagnaient le vestibule, puis trébucha et atterrit contre un mur.

— Pourquoi ne pas attendre ici, lui suggéra Gil. Je reviens tout de suite.

— Un procès mon cul, bredouilla l'homme. Procès toi-même. Je le ferai. Ce procès. Pédé.

— Euh.

— Reste, dit l'homme. Je reste.

Il se laissa glisser contre le mur et s'assit. La tête pendante, il se frappa les chevilles.

Ils le laissèrent et partirent.

— Il habite dans mon quartier, murmura la femme. Il s'est plus ou moins collé à mes basques. Mais je ne le connais pas vraiment.

— Je vais m'en occuper. Si vous me donnez son adresse.

Il l'accompagna dehors. Mais lorsqu'il retourna à l'intérieur, l'homme n'était plus assis contre le mur. Gil le chercha mais ne le trouva pas.

Il monta à l'étage pour rejoindre Sarah dans la chambre, enleva sa chemise et ses chaussures avant de se laisser tomber sur le lit.

— Ce type est parti ? murmura-t-elle.

— Je crois.

Mais il resta allongé à imaginer l'homme errant dans les couloirs en dessous.

Balançant ses bras et cassant les meubles.

Buse

Tom dit qu'il pourrait repousser de futurs adversaires s'il devenait un spécialiste des arts martiaux. Mais il n'était pas le meilleur en combat, confessa-t-il. Il stressait rien qu'à l'entraînement. Et s'il blessait quelqu'un par accident ?

Gil prit l'habitude de venir le chercher après son cours du jeudi en rentrant du refuge. Il s'asseyait pour regarder les garçons donner des coups de poing et de pied. Avant de porter leurs coups, ils criaient tellement fort que cela résonnait sur les murs : « Oui chef ! » « Oui chef ! » « Oui chef ! »

On aurait dit un groupe paramilitaire, mais une fois face à face, ils inclinaient tous docilement la tête.

Tom n'aimait pas quand son père le déposait, parce que celui-ci disait qu'il était assez grand pour attendre quinze minutes tout seul dans le hall d'entrée. Mais lorsqu'il attendait, il était obligé de voir les chauves dans le cours pour adultes avant le sien. Au moment de sortir, ils parlaient fort et juraient.

Il avait un peu peur d'eux, en fait.

— Qu'est-ce qui fait si peur chez un type qui n'a pas de cheveux ? demanda Gil. Certains hommes perdent leurs cheveux en vieillissant, pas vrai ? Ils n'y peuvent rien.

Tom répondit que ces hommes n'étaient pas si vieux que ça. En plus, ils avaient de gros muscles et des tas de tatouages sur les bras. D'araignées. Et de dames totalement nues.

— Totalement nues ! C'est ce qui s'appelle donner de sa personne, dit Gil.

Sarah lui demanda s'il était déprimé. Elle le trouvait déprimé depuis la soirée.

Alors il lui parla de l'e-mail. De la fréquence à laquelle il voyait la scène. Le panneau plié sur la calandre du camion, ratiboisant sa mère.

Mère. Mère. Mère. Douleur.

— Ce Dag est en totale roue libre, dit-elle. Demande à l'avocat de ne plus te faire suivre aucun de ses mails.

Gil hocha la tête.

Tom était de nouveau un électron libre maintenant que l'école était finie. Il voulait refaire un stage d'arts martiaux au dojo, annonça-t-il.

Gil l'aida à se muscler. Il y avait des pompes et des abdos – pour travailler sa ceinture abdominale, disait Tom. Dans la cave, il soulevait des poids légers avec ses bras filiformes. Certains jours, ils allaient courir tous les deux.

Lors de l'une de ces sorties – Tom avait tendance à partir en sprintant devant, puis à se fatiguer rapidement et à commencer à traîner la patte –, ils se retrouvèrent derrière un homme qui marchait et parlait. Qui avait une casquette de base-ball et des écouteurs. Gil entendit « marges de merde ».

Au moment de le dépasser, Gil jeta un coup d'œil sur le côté, main levée pour saluer. Mais il reconnut le visage. C'était l'ivrogne en colère de la soirée. Sa main, qui s'apprêtait à saluer, redescendit.

L'homme ne le regarda pas. Et puis il se retrouva derrière eux.

— C'est le père du garçon, dit Tom, à bout de souffle. Le garçon du bus. Son père !

— Brad ? Avec les trombones ?

Tom hocha la tête.

— Il le dépose. À l'école.

— Je vois.

Ils continuèrent à courir.

Il appela son avocat et lui demanda de ne plus lui transmettre de messages. L'avocat répondit parfait, il serait ravi de ne plus le faire. À partir de maintenant, ils seraient filtrés dans le dossier intitulé « Fous ».

Parce que Dag était en veine en ce moment. Dans de nombreux e-mails qu'il envoyait à l'assistant de l'avocat, il se plaignait : il s'efforçait de « tourner la page » avec Gil, mais « sa femme ne m'aime pas ».

Gil était perplexe. Il posa la question à Sarah.

— Tu ne te défends pas. Je suis intervenue.

— Intervenue comment ?

— Je lui ai demandé d'arrêter de t'écrire. Je lui ai dit que ses e-mails te faisaient du mal.

Gil réfléchit.

— Cela ne me regardait pas vraiment. J'en ai conscience.

— Eh bien…

— Je lui ai envoyé un message sur son numéro Skype. Je l'ai vu sur ton écran quand il t'a parlé l'autre fois. J'ai en quelque sorte… bon. Ce n'est pas de la mémoire eidétique. Mais je me rappelle bien les détails.

— Ok, dit-il doucement.

— Il a déjà commis un attentat contre ta famille. Et voilà qu'il te blesse à nouveau. Alors qu'il est en train de te harceler. Pour ton argent.

— Je vois.

Elle avait raison, sur le fond.

Cependant, un petit mur s'était érigé entre eux. Gil savait qu'il n'aurait pas dû se dresser là. Mais sentit sa friction. Une question de limites – elles n'étaient pas claires. N'avaient pas été définies. Ce n'était pas la faute de Sarah.

Il n'empêche, elle avait sauté par-dessus l'une de ces limites. Sans s'assurer au préalable que cela convenait à Gil.

Ce soir-là, leurs interactions furent prudentes.

Une famille de buses vivait à proximité du château. De beaux oiseaux brun-roux qu'on appelait les buses de Harris, lui expliqua Jason. Elles chassaient ensemble, en groupe.

Il les voyait perchées au sommet d'un grand saguaro dans son jardin – ces cactus aux bras levés qui ressemblaient à des personnes. Et sur des poteaux électriques. Cela l'inquiétait.

Si l'un d'eux fondait sur un écureuil ou un lapin à queue blanche, les autres plongeaient en piqué à proximité. Gil éprouvait un pincement au cœur pour leurs proies. Mais les buses aussi devaient se nourrir.

La plus grande était la mère. C'était aussi celle qui s'approchait le plus – elle se posait sur un saguaro qui se trouvait à quelques mètres seulement de sa terrasse.

Quand Gil était installé dessus, en train de lire ou de faire défiler des fils d'actualités sur sa tablette.

Tant qu'il était assis tranquillement, elle restait. En faisant de petits mouvements saccadés avec sa tête, regardant alentour.

Parfois, elle penchait la tête, ses yeux marron et vifs ressortaient nettement sur sa face jaune, et elle lissait les plumes de son poitrail ou de ses ailes avec son bec. Remettait de l'ordre.

Dans ces moments-là, Gil avait l'impression qu'ils existaient ensemble. Différents, mais côte à côte. Il aimait la regarder.

Et attendait qu'elle se soit envolée pour se lever.

Rapidement il se ravisa au sujet de Sarah. Elle avait agi ainsi par conviction. En essayant d'aider.

Elle fonçait tête baissée contre les obstacles. Contrairement à lui. Qui s'écartait largement, à tel point qu'il pouvait faire comme si ces obstacles n'avaient jamais été là.

Elle veillait sur lui, pensa-t-il.

Il n'était pas habitué à ce que l'on veille sur lui.

Il lui faudrait du temps pour s'y accoutumer.

Ardis vint récupérer Tom au château et fit signe à Gil de venir, elle voulait lui montrer quelque chose en ligne.

— Pas toi, dit-elle à Tom. C'est une histoire d'adultes. Continue à faire tes pompes.

— Mais j'ai déjà fait cinq séries de dix. J'ai fini. Je veux voir.

— Ce n'est pas adapté aux enfants, dit-elle avec fermeté.

— L'entraînement musculaire, ce n'est jamais terminé, ajouta Gil.

Ardis avait piqué son intérêt.

— Fais plus de triceps.

— Je déteste les triceps.

Dans le bureau, Ardis demanda à Gil de s'asseoir derrière son ordinateur portable et d'aller sur le site web du quartier. Elle pointa le doigt vers un lien qui s'appelait Graffiti panneaux !

— Certains voisins ont installé des affiches de campagne, lui expliqua-t-elle. Pour les primaires. Même si c'est encore très tôt.

— Je les ai vues.

— Et ensuite, voilà ce qui s'est passé.

Ardis cliqua sur le lien. Des photos apparurent. Des panneaux sur des pelouses manucurées à l'avant des maisons. Le même visage de la même femme qui souriait sur deux d'entre eux, le nom « Kelly », toujours lisible, et au-dessus de son visage souriant, des formes sommaires peintes à la bombe noire. Un pénis, puis deux pénis.

On avait dessiné grossièrement des testicules, et sur les glands, quelques gouttes émergeaient.

— Des bites ? Des gens ont dessiné des bites à la bombe ?

— Tu peux lire ce que les gens en disent sur le forum. Sinon, je peux te faire un topo.

— Vas-y.

— Les bites sont extrêmement offensantes, évidemment, dit une femme. Les propriétaires des maisons l'ont signalé. Et y a un type qui sort, Oh, c'est juste immature. Un ado en pétard, peut-être. Et deux personnes disent que ce barbouillage est un discours de haine.

— Mais le discours de haine est légal de toute façon. À moins d'inciter à la violence.

— Eh bien, les bites et les glands sont des symboles de viol.

— Ah bon ? Je croyais que c'était la signature de l'artiste. Genre : Je suis un gland.

— Faut que tu voies l'arrière des panneaux.

— L'arrière ?

Elle continua à descendre sur la page. À l'arrière de l'une des pancartes, on lisait les mots : *Viol en réunion.* Derrière l'autre : *Va te faire violer salope.*

— Bon, ça clarifie leur intention, j'imagine.

— Du coup, maintenant, dans l'association des voisins, il est question de ne plus autoriser les panneaux de campagne.

— Les panneaux ? C'est les panneaux, le problème ?

— C'est la faute des panneaux, disent les gens. Ils sont trop provocants.

Alors qu'ils faisaient une promenade matinale dans le wash, Sarah et lui aperçurent une grande buse morte. Tombée dans le sable.

C'était la mère. Gil en était pratiquement certain.

Elle était allongée dans le sable. L'une de ses ailes était tellement criblée de plombs qu'elle s'était presque détachée de son corps.

Gil s'agenouilla à côté d'elle. Toucha les plumes sur son dos. Puis sa queue.

Il n'y avait pas encore de fourmis. Et pas de mouches. Rien ne l'avait encore trouvée.

Cela vient sûrement juste de se produire, dit Sarah.

Elle alla chercher une serviette tandis que Gil restait à côté de l'oiseau. Ses grands yeux marron étaient encore ouverts. Encore vifs.

Il avait envie de pleurer. Mais alors, quelque chose se referma en lui. Un noyau dur de colère.

Sarah revint avec la serviette et il ramena l'oiseau sur la terrasse.

Jason vint l'inspecter. Oui, confirma-t-il. Une femelle. Pas une jeune. Gil avait raison – certainement la matriarche.

Il n'y avait pas de saison de chasse pour les rapaces, expliqua Jason. On n'était jamais censé tuer les rapaces. Ils étaient protégés par la loi. Cela incluait les aigles, les faucons et les buses.

— Donc la chasse à la caille est légale, dit Gil. Mais ça, non. N'est-ce pas ?

— Tu pourrais le signaler aux gardes forestiers, répondit Jason. Ou à la police fédérale. Mais ils ne feront rien. Sauf si tu sais qui c'est. Ils ne poursuivraient pas le coupable. Se coltiner les chasseurs, c'est un peu le lot quotidien des flics. Ce serait juste une amende, de toute façon.

— C'est la même personne qui a tué la caille, je parie, dit Sarah. Le même gros C. Les abandonner comme ça.

Tom déboula par les marches qu'il avait gravies quatre à quatre, muni du sac noir où était rangée sa tenue de combat. Il était fier de ce sac. Il le ramenait même quand il n'avait pas l'intention de s'entraîner. Il le transportait comme une mallette. Un pro avec son attirail.

— Oh, dit-il en voyant l'oiseau.

Il laissa tomber son sac.

— C'est la maman buse qui venait me rendre visite. La famille qui attrape des proies dans le wash.

— Quelqu'un l'a tuée, mon chéri, expliqua Sarah.

Tom baissa les yeux.

— Pauvre buse.

— Ouais, dit Gil.

— Il faut qu'on l'enterre.

Ils creusèrent un trou dans le jardin.

Il fit une troisième sortie. Une quatrième et une cinquième. Resta dehors plus longtemps. Une fois, il s'assit sur un monticule de sable moelleux. Il avait apporté une Thermos de café.

Mais ne surprit personne. À part lui-même qui piquait du nez.

À la fin de sa permanence au refuge ce vendredi, la directrice le convoqua pour discuter. Elle referma la porte derrière eux et lui montra la chaise de l'autre côté de son bureau. Il s'assit.

Il avait l'impression d'être un gamin dans le bureau de la principale. Il respectait la directrice. Elle avait son franc-parler. Ne mâchait pas ses mots.

— Écoutez, vous avez été formidable, dit-elle. Vous êtes très populaire. Auprès du comité et des pensionnaires. À part auprès de Ricki, peut-être. Mais bon. Elle n'aime personne. Homme comme femme.

— Mais ?

— Il y a une inquiétude en ce moment. Parmi les membres du comité. La culture dans notre pays. Le président, etc., la masculinité toxique.

— Eh bien. Oui. C'est en effet très toxique.

— Et il a été décidé, jusqu'à ce que le climat hommes/femmes s'améliore, de mettre en pause notre programme de « L'Homme bienveillant ».

— L'Homme bienveillant ?

— C'est le nom officiel. Celui qu'on utilise dans nos brochures pour les levées de fonds. Le nom du projet impliquant des bénévoles masculins.

— Je vois.

Il était un Homme bienveillant.

— Je veux que vous sachiez que ce n'était pas ma décision. Je ne suis qu'une simple employée, pas une membre du comité. Je n'ai pas le droit de voter. Et le sentiment du comité est que les femmes vivent sous une menace constante. Ces femmes, nos pensionnaires, n'ont pas de système plus grand qui les soutienne. L'idée, c'est que dans ce petit havre à l'abri de la toxicité du monde, nous allons devoir suivre un modèle plus conventionnel pendant un temps. Avoir recours à des escortes femmes. Le refuge doit être un espace exclusivement féminin.

— Je comprends.

— Je voulais vous acheter un gâteau pour vous, les gars, pour que les pensionnaires puissent vous dire au revoir convenablement. Mais le comité s'y est opposé. Il ne faut pas faire tout un plat de... vous savez... la transition.

Finis, les Hommes bienveillants.

Jason aurait plus de mal à encaisser le coup. Ce poste le rendait fier.

— Vous serez le premier informé si la politique change, ajouta la directrice tandis qu'il se levait pour partir. Vous allez nous manquer.

Avec ce nouveau trou dans son planning, Gil avait du temps à revendre. Il contacta des associations pour des postes de bénévoles, mais les gens ne le rappelaient pas tout de suite.

Jason n'arrêtait pas de l'inviter à sortir et Gil déclinait en permanence. Alors un soir, tandis que Sarah était de garde, il accepta. Il y avait ce bar-karaoké que Jason fréquentait. Il était sombre et décoré façon western. Des couples âgés dansaient le two-step et la polka sur la piste.

— Je ne suis jamais passé à l'acte, confia Jason.

Ils étaient assis près de la scène, et comme la musique était à fond, il fallait pratiquement crier pour s'entendre.

— Tu es en train de faire ton *coming out*, donc, dit Gil. Monte sur scène ! Tu en es capable.

Jason refusa, mais Gil insista. S'ils ne venaient pas ici pour boire, et qu'ils ne pouvaient pas parler, au moins fallait-il qu'il chante. Alors Jason inscrivit son nom sur une liste et finit par prendre le micro.

Au début, il hésita, mais quand vint le refrain, il chanta avec force.

— *You picked a fine time to leave me, Lucille. With four hungry children and a crop in the field*[5].

Il y eut un tonnerre d'applaudissements, et lorsqu'il s'assit, Jason semblait satisfait.

— Tu vois ? Pas si mal, hein ? lui dit Gil.

Cela lui plaisait bien de regarder les couples danser. Il but tranquillement sa bière.

Et il rentra tard à la maison. Alors qu'il cherchait à ouvrir sa porte en se débattant avec ses clés parce que l'ampoule du luminaire à l'avant de la maison était HS, il remarqua des phares dans la rue derrière lui.

C'était la voiture d'Ardis. Elle ne rentrait pas tard, à moins de sortir avec des amis. Et quand elle sortait avec des amis, elle prenait toujours un taxi pour rentrer. Ou bien se faisait ramener par l'un de ses amis. Ou demandait à Ted de venir la chercher.

5. « T'as bien choisi ton moment pour me quitter, Lucille. Avec quatre enfants affamés et un champ à récolter. » Refrain de la célèbre chanson *Lucille* du non moins célèbre musicien de country Kenny Rogers.

Mais celui-ci était de l'autre côté du Pacifique. Parti en voyage d'affaires pour trois semaines.

Gil rentra chez lui et ne put s'empêcher de regarder par une fenêtre tandis qu'Ardis pénétrait dans la maison de verre. Elle portait des talons et une robe de soirée, et ses cheveux étaient déjà détachés. Ça aussi, c'était inhabituel. Ardis était une créature qui avait ses habitudes.

Elle avait travaillé tard, pensa-t-il.

Mais d'ordinaire, lorsqu'elle avait un surplus de travail, elle ramenait son ordinateur portable à la maison. Clem pouvait garder Tom, mais préférait éviter.

Et Ardis faisait en sorte de ne pas être la dernière à quitter le cabinet, lui avait-elle confié. Elle ne maîtrisait pas bien le système d'alarme.

Peu importait. Rien de tout cela ne le regardait.

Pics flamboyants

En l'absence de Ted, c'était lui qui devait aller chercher Tom à son stage d'été trois fois par semaine, pendant qu'Ardis récupérait Clem à son cours de danse. Un après-midi, lui et Sarah se rendirent au dojo dans sa voiture remplie de victuailles. Ils avaient commencé à faire leurs courses ensemble, à planifier leurs repas.

Sarah avait une consultation téléphonique, alors il la laissa passer son appel et entra dans le dojo.

Tom était en plein combat. Gil s'assit derrière la vitre prévue à cet effet pour regarder. Un type mastoc, coiffé en brosse, présidait. Gil ne le reconnut pas. À la place de l'uniforme blanc habituel, il portait un tee-shirt noir moulant et un pantalon de jogging.

Au début, l'attention de Gil se porta sur Tom, qui peinait à se défendre face à sa partenaire. Une fille plus âgée que lui.

Mais ensuite, quelque chose détourna son attention. L'instructeur, qui se trouvait entre Gil et Tom, brandit un poing victorieux quand la fille se prit un gnon. Lorsqu'il leva le bras, la manche serrée de son tee-shirt remonta et un tatouage apparut.

Gil se détourna de la vitre et alla dans le hall, où une jeune femme avec une queue-de-cheval était assise derrière un bureau. Les lèvres badigeonnées de gloss ultrabrillant.

Comme il arriva sur le côté, il vit qu'elle jouait sur son téléphone à un jeu aux couleurs pastel enjouées.

— Je suis venu récupérer l'un de vos stagiaires, dit-il.

— Mmh-mmh ? Il reste quinze minutes.

— Mais je me demandais... qui est le type qui leur fait cours en ce moment ? Je ne l'avais jamais vu avant.

— C'est un remplaçant, répondit-elle. Trois de nos instructeurs sont malades.

— J'aimerais connaître son nom, s'il vous plaît.

Elle posa son téléphone et alluma son ordinateur. Tap-tapa.

— Je regarde le planning. Voilà. Ryan. Il vient s'entraîner ici depuis un moment. Il est vraiment qualifié. Ceinture noire. Vous n'avez pas à vous inquiéter.

— Ce ne sont pas ses compétences qui m'inquiètent. C'est le tatouage sur son bras. Vous en êtes consciente ?

— Ben, nous n'avons pas de politique contre les tatouages, gloussa-t-elle.

Elle lui adressa alors un sourire conquérant avant de poursuivre :

— Sinon, nous n'aurions aucun membre.

Elle pivota sur sa chaise et baissa le col de sa chemise pour exposer une épaule colorée. Du bleu et du vert. Une sirène blonde chevauchant un dauphin en train de bondir.

— Très sympa. Mais le tatouage dont je vous parle ne représente pas une sirène. C'est un swastika.

Elle pivota dans l'autre sens.

— Oh...

Son visage perdit toute expression.

— Est-ce que... vous êtes juif ?

Gil en resta momentanément sans voix.

— Je ne vois pas le rapport.

— Eh bien. J'imagine... genre, non. Je n'ai pas vu. On ne... euh... passe pas en revue les tatouages des gens. Vous voyez ?

Elle mordit sa lèvre inférieure brillante.

— Vous avez un type avec un swastika sur le corps qui donne des cours à des enfants. Des gamins sont là-dedans et disent *Oui chef* à un néonazi. Vous ne pensez pas que c'est un problème ?

— Eh ben. Je ne m'occupe pas de ce genre... des embauches. Ou autre.

— Je m'appelle Gil, au fait. Comment vous appelez-vous ?

— Brandi. Avec un i.

— Je vais récupérer mon enfant tout de suite, s'il vous plaît, Brandi.

Raccourci. Il avait le droit de récupérer Tom, et c'était tout ce qu'elle avait à savoir. Il y avait un fichier avec les noms approuvés. Une feuille d'entrée et de sortie. Il prit le stylo et trouva le nom de Tom.

— Euh, ouais, bien sûr, dit-elle.

— Pourriez-vous entrer dans cette salle et le chercher pour moi, s'il vous plaît ?

La porte entre la pièce où l'on pouvait observer les enfants et l'espace sportif était verrouillée. Pour des raisons de sécurité, disaient-ils. Il y avait un code dessus. Mais le code n'empêchait pas les nazis d'entrer.

— Ok. Attendez.

Il attendit.

Tom sortit muni de son sac filet noir. Il paraissait impatient. Brandi était derrière lui. Elle tripotait sa queue-de-cheval d'un air gêné. Enleva son élastique et lissa ses cheveux pour la refaire.

— Pourquoi je dois partir si tôt ? Ça commençait à devenir bien ! T'as vu ?

— Je t'expliquerai tout à l'heure.

Tom se glissa à l'arrière du véhicule, à côté de sacs de courses.

— Pourquoi tu m'as obligé à partir ? demanda-t-il de nouveau d'un ton plaintif.

— Hé, le spécialiste des arts martiaux ! s'exclama Sarah qui avait terminé son coup de fil. Comment s'est passé le stage, aujourd'hui ?

— Il m'a obligé à partir tôt, râla Tom.

— Il y avait un problème de direction, expliqua Gil avant d'appuyer sur le bouton de démarrage de la voiture.

Il sentit que Sarah lui jetait un regard en coin.

Dans la maison de verre, Tom se retira dans sa chambre. Parfois, il n'aimait pas être au *milieu* de tout, avait-il confié à Gil un jour.

Ardis sortit une bouteille de vin et ils allèrent tous les trois sur le patio à l'arrière de la maison. S'assirent.

— Balance, l'encouragea Ardis.

— Ouais, balance, dit Sarah. Le suspense est insoutenable.

Alors il leur raconta tout en buvant.

— La réceptionniste a expliqué qu'il était là en remplacement. Ils étaient en manque de personnel aujourd'hui. Donc il n'est pas là tout le temps.

— C'est peut-être un skinhead repenti, proposa Ardis avec espoir. J'ai rencontré un type comme ça. Maintenant, il est psy. À la tête d'une ONG qui tend la main aux extrémistes. Rééducation. Il se concentre sur ce qui pousse les gens vers les groupes haineux. L'abandon parental et familial. L'absence de modèles positifs.

— Repenti ? Dans ce cas, pourquoi aurait-il encore ce tatouage ? demanda Sarah.

— Quoi qu'il en soit, j'ai sorti Tom de là. J'ai le prénom du type.

— Merde, jura Ardis en secouant la tête. Il aime tellement aller là-bas.

— Faut peut-être juste poser la question à l'équipe de direction, suggéra Sarah. Ils ne se doutent peut-être de rien ? N'éliminons pas d'emblée la possibilité qu'il s'agisse d'une simple négligence. D'incompétence.

— J'ignore totalement comment ils sélectionnent leur personnel, dit Ardis. C'est Ted qui a trouvé ce stage. Il est probable qu'il ait fait son choix à partir des avis qu'il a vus sur Yelp.

— J'ai déjà soigné des néonazis, raconta Sarah. Un patient m'a dit un jour qu'il voulait exterminer les Juifs. Que c'était son devoir vis-à-vis de ses frères. Il avait un tesson de bouteille dans le ventre à ce moment-là. Alors je me suis montrée indulgente. Mais je lui ai révélé que deux des trois chirurgiens qui l'opéraient étaient juifs. Je lui ai sorti : Vous avez pas intérêt à assassiner les Juifs dans cette pièce. Sinon, ce vieux bout de verre aura raison de vous.

— La vache ! s'exclama Ardis.

— Je me souviens de l'étiquette comme si c'était hier – du schnaps. Butterscotch.

Elle frémit.

Peut-être n'était-ce que grâce à la formation qu'elle avait reçue. À la fac de médecine. Ou à une longue expérience. Mais Gil admirait son sang-froid.

Ce n'était pas comme si elle était neutre. Deux de ses grands-parents, des Juifs ashkénazes, avaient disparu pendant la Shoah.

— Je téléphonerai au responsable demain matin, décida Ardis. Pour voir ce qu'il en dit. Merci d'avoir géré, Gil.

Il termina son verre de vin. Ardis prendrait la situation en main. On pouvait lui faire confiance.

Donc elle était rentrée tard un soir. Ce n'était pas vraiment illégal.

Les panneaux d'interdiction de stationner étaient partout. C'était pour cela qu'ils existaient. Où qu'il aille, ils étaient là.

Et puis sa mère lui vint à l'esprit. Son père aussi, mais d'abord sa mère.

Il ne se souvenait plus de l'amour, mais il l'imaginait.

Quand il était petit, seul dans son lit la nuit venue, il avait pu compter sur son imagination. Une projection réconfortante. Être blotti dans les bras de sa mère. Au chaud et en sécurité.

À présent, cela avait disparu. Chaque fois qu'il voyait un panneau, il voyait le camion foncer vers elle et ressentait une pointe de la peur qu'elle avait dû ressentir.

La peur était leur nouvelle connexion.

Gil s'était renseigné sur la neuvième étape : les textes des Alcooliques anonymes disaient que vous n'étiez pas censés « vous racheter » si, ce faisant, vous étiez susceptible de blesser quelqu'un. Soit Dag n'avait pas compris que sa confession blesserait Gil, soit il s'en foutait royalement.

Qu'il soit mal intentionné ou faible d'esprit, la cause originelle était forcément le besoin. Ce type était désespéré.

Et donc Gil décida de se soumettre. Dag recevrait une somme hebdomadaire. Pas le pactole au loto, mais assez pour vivre décemment. Assez pour pouvoir prendre le bus ou le taxi jusqu'au supermarché. Et s'acheter de la vraie nourriture.

En échange, il ne contacterait plus jamais Gil ni son avocat.

— En plus de littéralement récompenser le mauvais comportement d'un type, vous créez un terrible précédent, dit Hadley. Tout d'abord, cet homme est toxicomane. Il est fort probable qu'il dépense cet argent pour se procurer une substance coupée au fentanyl et fasse une overdose dans la semaine. Un exemple classique de charité mal placée. Ce n'est pas comme si c'était la première fois que ça se produisait, Gil.

Hadley avait été sa seule constante, au fil des ans. Il avait les cheveux blancs à présent. Ses petits-enfants se mariaient. Bientôt, sa constante ne serait plus là.

Et il n'avait pas tort. Il n'avait jamais tort – était simplement raisonnable au point d'en être agaçant.

— Il n'empêche. L'argent compte plus pour lui que pour moi. Il est vieux et malade. Alors donnons-lui-en un peu.

— Pourquoi avez-vous un faible pour cet individu ? En plus des faits évidents dans cette affaire, ce type est paumé et drogué. L'a toujours été, aussi loin que je m'en souvienne.

— Je ne peux pas l'encadrer. Je veux juste me débarrasser de lui.

Le soupir de Hadley était clairement audible. Lui parvint de Manhattan.

— Notons que je me plie à votre requête après m'y être opposé, dit-il.

— Noté.

Il avait honte, légèrement, se rendit-il compte après le coup de fil. Une solution paresseuse, sa manière à lui de se défendre : balancer de l'argent.

Mais c'était mieux qu'il soit balancé. Gil se sentait un peu plus léger ainsi.

Un pic avait élu domicile dans l'un des plus grands saguaros de son jardin. Ce genre de pic s'appelait pic flamboyant.

Seuls les pics flamboyants faisaient des trous pour nicher. Mais ensuite, ces cavités étaient utilisées par de nombreux autres oiseaux, lut-il. Des parasites, en quelque sorte. Des pinsons et des moineaux, des gobe-mouches et des roitelets. Des petits ducs maculés et des chevêchettes des saguaros.

Lorsque les pics flamboyants couvaient et que vous passiez à proximité, ils sortaient la tête des trous et poussaient des cris de détresse forts et perçants.

Une nuit, au lit, avec Sarah à ses côtés, il se réveilla à 3 heures. Resta allongé un moment avant de se lever. Discrètement, car elle avait le sommeil léger. Le simple fait de se retourner et de tirer sur le drap pouvait la réveiller.

Il descendit l'escalier à pas de velours. Alla dans la cuisine chercher de l'eau gazeuse et alluma la lumière. Resta devant la fenêtre qui se trouvait au-dessus de l'évier et regarda la nuit. Un lac de ténèbres.

Il tira sur la languette de la cannette et but, le regard perdu dans le néant.

Et puis des lumières s'allumèrent. Le firent sursauter. Dans le salon de la maison de verre. Ardis entrait par la porte principale. Ses cheveux étaient une fois de plus lâchés.

Il resta immobile, la cannette d'eau gazeuse contre ses lèvres.

Elle traversa la pièce, se débarrassa d'un sac qu'elle avait à l'épaule sur une petite table au bout du canapé. Traversa sa scène de verre. Et à ce moment-là, sa tête se tourna. Et elle le vit.

Elle cessa de marcher. Il y avait quelque chose dans ce mouvement interrompu. Elle était une personne qu'on prenait la main dans le sac.

Ils restèrent tous les deux plantés où ils étaient. Lui dans son petit rectangle de lumière, elle dans son grand. Et puis elle leva doucement la main.

Mais ne l'agita pas. La garda juste comme ça.

Il leva la main. Au bout d'un moment, elle tourna les talons et longea le couloir jusqu'à sa chambre.

Effraie

Ted rentra de voyage, et Gil le vit deux soirs de suite autour d'un whiskey sur sa terrasse.

Pour travailler avec ses collègues japonais, il avait appris les différentes façons de s'incliner. Parfois, il les confondait, provoquant une hilarité retenue avec politesse. Avec les collègues chinois, il y avait une liste de sujets de conversation interdits, que les ressources humaines de son entreprise lui avaient communiquée via une note. Parmi les sujets bannis, Lady Gaga et Katy Perry. Et Justin Bieber.

Un ingénieur de Singapour avait trop bu lors d'un dîner et avait proclamé la fin de l'Amérique. L'empire était mourant, avait-il clamé en agitant son verre dans tous les sens. Peut-être était-il déjà mort.

Un jour, l'Amérique avait régné sur le monde, avait-il poursuivi. Mais jamais elle n'avait pris la peine d'éduquer son peuple. Et donc c'était un pays de paysans ignorants, une populace bruyante et stupide.

Ils chient sur la science. Ils chient sur l'avenir.

D'autres collègues s'étaient empressés de le mettre dans un taxi et de se confondre en excuses.

Cet homme n'avait pas l'habitude de boire de l'alcool, expliquèrent-ils.

Inquiet que le type puisse être viré, ou pire, Ted s'efforça de les rassurer.

— La vérité est dans le vin, avait-il dit.

Tom avait été autorisé à terminer son stage – il ne restait plus que deux jours – et réussit son passage de ceinture. Il jouait au château la plupart des jours, pendant que ses parents étaient au travail. S'entraînait à enchaîner les mouvements en arborant sa nouvelle ceinture.

Il faisait chaud et il n'y avait pas un souffle d'air. La mousson était à l'approche. Gil utilisait son refroidisseur par évaporation, ouvrait les fenêtres afin de permettre à l'humidité d'entrer dans le château pour le refroidir. Il aimait l'air en mouvement.

Lorsque les pluies viendraient, il ferait trop humide pour avoir recours à ce processus. Il devrait fermer les fenêtres et allumer la clim.

Il rêva de Ted et d'Ardis. Un rêve prévisible. Ses rêves étaient souvent si évidents qu'ils se passaient d'interprétation.

Ils se tenaient sur le même trottoir que ses parents, étaient percutés par le panneau qui tombait. Gil était au volant, et Tom sur la banquette arrière, effrayé.

Mais les mains de Gil ne touchaient jamais le volant, restaient justes collées contre sa poitrine, poings fermés. Le volant tournait, déplaçant tout seul la voiture.

Connie téléphona pour lui annoncer qu'elle faisait construire un terrain de basket. Au nord, à Harlem. Le terrain pavé sur lequel jouait jadis Van Alsten était en train d'être converti en immeuble, et la communauté avait donc besoin d'un nouvel espace.

Ce serait public. Pour les gars avec qui il avait l'habitude de jouer. Et tous ceux qui voudraient l'utiliser.

Est-ce que Gil viendrait à l'inauguration ? Le week-end de la fête du Travail. Cela serait doublé de la cérémonie en mémoire de Van Alsten. Gil pourrait peut-être dire un mot ou deux.

Je serai là, promit-il.

Un samedi, Ardis apparut à la porte derrière sa maison. Elle avait apporté sa cruche remplie de nectar pour colibris. Sarah travaillait, aussi était-il tout seul.

— Tom et Ted sont dans cet endroit où les gamins sautent partout sur des trampolines, expliqua Ardis. Est-ce que je peux rincer la mangeoire dans ta cuisine ? Elle en a bien besoin.

— Je t'en prie.

Mais Gil ne se sentait pas en phase avec elle. Ils n'avaient pas parlé depuis qu'il l'avait vue rentrer ce soir-là. La veille du retour de Ted.

Il resta debout à l'autre bout de la pièce tandis qu'elle lavait la mangeoire. Elle était en verre, avec un fond rouge et des fleurs jaunes. Ces fleurs étaient là pour les gens, dit-elle. Les oiseaux n'étaient attirés que par le rouge.

— Il paraît, oui.

— Écoute, dit Ardis en se tournant vers lui. Je suis désolée.

— Désolée de quoi ?

— De te mettre dans cette position.

— Quelle… Ah.

— Je crois qu'il faudrait qu'on fasse teinter de nouveau cette paroi vitrée. Finalement.

— Eh bien. La liste d'attente.

— Ouais. J'ai peut-être légèrement laissé tomber. Il faut les appeler sans cesse.

— Mais bon. Je ne savais pas. Jusqu'à maintenant.

— Si, tu savais. J'ai vu ta tête. Tu savais. Parce que tu me connais.

— J'imagine que oui, dit-il lentement.

— Je dirai juste que c'est terminé.

— Oh, répéta-t-il. Bien.

Il était déçu que son soupçon médiocre ne s'y soit pas trompé. Sentit une pointe de quelque chose, comme s'il avait été lésé. Comme si c'était lui qu'elle avait trompé.

Mais soulagé aussi. C'était du passé, avait-elle dit.

Ce ne serait donc pas une menace pour Ted.

— Cela n'arrivera plus. Je l'ai fait pour... disons, des raisons perverses. Émotionnellement perverses.

— Tu n'as pas à te justifier auprès de moi, s'empressa-t-il de dire.

La vérité était qu'il n'avait pas envie d'entendre.

— Oh, je sais.

Elle se tourna de nouveau vers le plan de travail et posa l'abreuvoir dessus. Prit la cruche et versa.

— Ça ira entre nous maintenant, poursuivit-elle. Entre Ted et moi.

— Je l'espère. Bien.

— Ça sera le cas. Je t'assure. Je l'ai fait uniquement pour que ça m'aide à oublier autre chose.

Et lorsqu'elle se retourna pour le regarder dans les yeux, il fut traversé par un choc.

Et puis elle passa devant lui, la mangeoire dans une main et la cruche dans l'autre.

Il resta planté là. Entendit le clic de la porte coulissante de la terrasse qui se refermait. Le sceau de son vide.

Il avait la sensation d'errer dans un sillage invisible. Comme s'il était resté dans le sillage du corps en mouvement d'Ardis.

Le doute. La désorientation.

Et puis le rejet.

La porte s'était refermée derrière elle. Doucement mais fermement.

Ce soir-là, de la fenêtre de son bureau, il vit une famille de chouettes effraies sur un mesquite. Cinq oiseaux. Chacun posé sur une branche différente mais tous tournés dans la même direction. De petits oiseaux de la taille d'un poing, marron grisâtre comme de l'écorce.

Les chouettes effraies étaient bien camouflées. S'il n'avait pas bien regardé les branches, il ne les aurait pas distinguées. Sans bouger, elles le regardaient de leurs billes jaunes, clignant des yeux à l'occasion.

Ou regardaient dans sa direction. Il était fort possible qu'elles ne le voient pas.

Il était déstabilisé. Il se rendait compte qu'il avait idolâtré Ardis. Ce n'était pas réaliste, ce qu'il avait attendu d'elle. Elle n'était pas Lane. Elle ne désertait pas. Elle était dévouée à son mari. Et à ses enfants.

Ted l'avait dit lui-même, ce n'était que justice.

Mais pourquoi personne n'était-il donc loyal ? Ne se contentait pas de rester ?

Il allait rarement chez Sarah. Et elle y était de moins en moins.

Elle préférait le château, disait-elle. Ses pièces caverneuses, ses moulures au plafond. Comment ne pas les préférer ?

Elle avait quelques affaires dans un placard inutilisé à côté de la chambre de Gil, un dressing dont il ne s'était jamais servi car tous ses vêtements tenaient dans une armoire plus modeste. À part ses chaussures, qui y occupaient une étagère basse. Tandis qu'il préparait sa valise pour se rendre à la cérémonie, il passa dans le dressing et s'aperçut qu'il aimait bien voir les habits de Sarah dedans. Mais il y avait de la place pour plus.

Peut-être qu'à leur retour il soumettrait l'idée qu'elle mette son pavillon en location pendant un temps. Qu'elle s'installe avec lui.

D'un autre côté, Sarah n'avait pas besoin des revenus d'un loyer. Cela paraîtrait peut-être prématuré. Mièvre.

À New York, disait Lane, l'amour était une fonction de l'immobilier. Même les couples de la classe moyenne supérieure emménageaient ensemble purement par économie. À cause des frais généraux élevés des appartements.

Et restaient ensemble pour la même raison.

À l'époque, il n'avait pas soupçonné qu'elle voulait parler d'elle. Et de lui.

Lui et Sarah avaient réservé dans un hôtel non loin de Gramercy Park. L'établissement avait un bar à la mode, prisé le week-end. Le bar triait sur le volet les gens que le portier laissait passer, expliqua la réceptionniste comme pour leur vendre le lieu tandis qu'ils s'enregistraient à l'accueil. Mais s'ils voulaient être sûrs de pouvoir entrer, ils pouvaient réserver une table, ajouta-t-elle.

Un montant non remboursable de neuf cents dollars était exigé à la réservation.

— Neuf cents dollars ? répéta Sarah tout bas. C'est un hôtel pour cons ?

Elle chuchotait presque. Gil eut un peu honte. S'inquiéta que la réceptionniste l'ait entendue.

Derrière le comptoir, celle-ci sourit avec austérité et rendit à Gil sa carte de crédit.

Eh bien oui, en effet, semblait-elle dire. Bienvenue.

Gramercy Park était un enclos privé et feuillu réservé aux résidents des immeubles alentour ainsi qu'aux clients de l'hôtel. Si vous souhaitiez le visiter, il fallait qu'un portier vous accompagne et vous ouvre la grille du parc avec sa clé. Ensuite, vous étiez enfermé dans le parc jusqu'à ce que vous appeliez le portier sur son portable pour lui demander de vous laisser ressortir.

— C'est comme une prison, mais avec des arbres, dit Sarah. Et si le portier est occupé ?

— J'imagine que tu attends ?

Ce parc l'avait toujours intrigué. Il avait un aspect discrètement mythique.

— Non merci. Moi, je viens du Texas. Me retrouver à la merci d'un portier, ce n'est pas l'idée que je me fais du luxe.

Alors ils le regarderaient de l'extérieur, comme le restant de Manhattan.

Le lendemain matin, il était nerveux. Il n'avait jamais fait de discours. À l'école, il avait même évité de faire des exposés en classe tant la perspective de s'exprimer en public l'effrayait.

Comme c'était le cas de presque tous ses concitoyens américains.

Cela ne dérangeait pas Sarah. Elle intervenait souvent lors de conférences. Et parlait à des groupes d'étudiants et d'internes.

— Tu n'as qu'à improviser ! lui suggéra-t-elle.

Elle rit en voyant sa tête.

Il avait noté ses remarques sur des fiches qu'il avait soigneusement mémorisées. Sarah, qui était assise derrière un vieux bureau et portait un peignoir blanc et des chaussons fournis par l'hôtel, lui proposa de l'écouter répéter.

— Non, non et non.

Il préféra répéter sous la douche. Van Alsten n'était pas du genre sentimental. Il aurait voulu de l'humour. Mais de toute l'assemblée endeuillée, Gil ne connaissait que Vic – et Connie, un peu. Lorsqu'il avait réfléchi à ce qu'il voulait dire, il avait eu du mal à décider s'il s'adressait à eux deux ou au fantôme de Van Alsten.

D'après Ted, au moins la moitié des Américains croyaient aux fantômes. Il y avait eu plusieurs sondages sur ce sujet. Aux fantômes ou aux esprits des morts, voilà en quoi ils croyaient.

Ted avait eu connaissance de cette croyance répandue au cours de sa formation à la sensibilité culturelle avant son voyage en Asie. Au Japon, les chiffres étaient encore plus élevés. Au Japon, il existait de nombreuses catégories de fantômes.

Il y avait les fantômes de mères qui étaient mortes en couches et qui revenaient pour offrir des cadeaux à leurs bébés. Les fantômes des martyrs. Les fantômes de ceux qui avaient péri en mer. Les fantômes espiègles des enfants.

Concernant la prise de parole en public, Gil était aligné avec ses concitoyens. Pour ce qui était des fantômes, moins.

La cérémonie se tenait peu avant le coucher du soleil. Ce qui signifiait qu'il aurait une longue journée d'angoisse devant lui. Sarah lui changerait les idées avec des activités touristiques.

Il lui dit qu'il n'était pas un touriste. Il était un New-Yorkais déchu. Comme un catholique déchu, mais sans la culpabilité. La plupart du temps.

Eh bien, moi, je suis une touriste, rétorqua-t-elle. Et moi j'ai envie de monter en haut de ce satané Empire State Building.

Avant la cérémonie, elle lui offrirait un bon petit remontant.

Il avait énormément pris le métro quand il habitait à New York. Il se sentait toujours emporté par les foules pressées, les vecteurs affairés d'autres vies. Il aimait le carrelage crasseux, les étais métalliques qui s'élançaient vers le ciel. C'était un ouvrage magnifique et noble.

Mais Sarah avait peur que ce ne soit trop juste, et ils étaient déjà à Midtown. Il ne souligna pas que les trains étaient en réalité plus fiables que les voitures à l'heure de pointe et haussa les épaules pour acquiescer. Ils prirent un taxi après avoir bu un verre. Il sentit qu'elle lui serrait la main, et puis se rendit compte qu'en fait c'était lui qui serrait la sienne.

Il s'obligea à la tenir moins fort.

Comporte-toi en homme, l'avait tancé un jour sa grand-mère parce qu'il avait agrippé sa main en public. Il avait été intimidé par un passant qui avait fait une embardée. Sur Harvard Square, peut-être ? Dans Cambridge, en tout cas. Il se souvenait des briques rouges.

Il n'avait que sept ou huit ans, et n'aspirait pas à se comporter en homme. La réprimande pleine de gêne de sa grand-mère l'avait désarçonné.

Mais à présent, il fallait le stipuler : il *était* un homme. En tout cas, en théorie.

Dans ce cas, agis en conséquence, lui dit sa grand-mère dans sa tête.

Lorsqu'ils parvinrent à destination après être restés un bon moment à l'arrêt dans les embouteillages, le calme s'abattit sur lui. Pas le calme élevé de la paix – plutôt le calme fataliste d'une personne condamnée.

La scène était idyllique. Des enfants couraient partout. Le nouveau terrain de basket était entouré d'arbres. Des ginkgos avec leur lumière tamisée, les érables épanouis qui projetaient leur ombre généreuse.

À l'extérieur du terrain, il y avait une aire de jeux. Des enfants glissaient sur des toboggans, grimpaient sur un mur d'escalade tout neuf avec des prises colorées en plastique.

À l'intérieur du terrain se trouvaient des rangées de chaises pliantes et une foule importante. Une estrade avec un pupitre et un micro avait été installée devant les sièges.

Ce spectacle lui souleva le cœur, alors il détourna le regard.

À l'autre bout du terrain, il aperçut le panier. Orné de fleurs. Derrière, au pied du grillage, un autel improvisé.

Lui et Sarah s'y rendirent pour parcourir les hommages. Des photos de Van Alsten, qui allaient des portraits de famille sur papier glacé aux photos plus naturelles qui semblaient avoir été prises par des téléphones. Des bouquets, des bougies et des pancartes artisanales.

V. A. ON T'M, MEC.

V. A. POUR TOUJOURS !

TU VIS DANS MON CŒUR.

Il vit les fleurs en papier de l'hôpital. Le chapelet de Vic était posé au coin d'une photo encadrée de Van Alsten qui souriait, vêtu de son tee-shirt de Yale. Jeune et musclé. Un ballon de basket à la main.

Sur une autre, on le voyait vêtu de son uniforme de la marine.

Il regarda les gens attroupés. Bon nombre d'entre eux, si on pouvait se fier aux statistiques sur les fantômes, pensaient pouvoir être visités un jour par la silhouette translucide de Van Alsten. Scintillant derrière les plis d'un rideau. Installé dans un fauteuil confortable, levant son verre de vodka-tonic.

Le fantôme d'un homme qui avait fait don de son corps.

Personnellement, il aurait été ravi d'apprendre que les fantômes étaient réels. Ainsi, il aurait pu revoir Van Alsten.

Et espérer revoir ses parents un jour.

Il l'accueillerait à bras ouverts – cette preuve d'un miracle. Qu'une âme pouvait se libérer de son corps. Les âmes se regroupaient peut-être dans un hôte, s'attroupaient, tournoyaient. S'engouffraient et se dispersaient.

— Gil ! s'écria Connie.

Elle semblait aller mieux. N'était plus aussi maigre. Son visage brillait. Il lui présenta Sarah.

— Tout ce monde ! s'exclama celle-ci.

— Il semblerait qu'il avait beaucoup d'amis, finalement, dit Connie à Gil en souriant. Simplement pas dans le quartier où nous habitions. Mais ce n'est rien. Je les connais maintenant.

Il prit place à côté de Sarah tandis que le reste de l'assemblée commençait doucement à s'installer. Il y eut des discussions et du mouvement, et il fallut une éternité pour que tout le monde s'assoie. Le calme fataliste de Gil s'estompa, pas au moment le plus opportun. La nervosité le remplaça.

Il aurait fallu qu'il ressente autre chose, il le savait, mais il voulait que cela soit fini. L'une de ses jambes tremblait toute seule et il parvint à l'arrêter, mais ensuite, ce fut au tour de ses bras.

Pas digne d'un homme ! pensa-t-il, furieux contre ses propres bras.

— Hé ! murmura Sarah.

Elle prit le bras de Gil qui se trouvait de son côté, lui appliqua une pression ferme.

— Ne t'inquiète pas. Écoute. C'est bien que tu aies dit oui. Pour Connie. Ça va bien se passer. Et ensuite, ce sera fini.

Il tâcha d'écouter l'éloge funèbre de Connie, mais des passages lui échappèrent car il répétait son propre texte. Il l'entendit dire que Van Alsten n'avait pas été d'une hygiène irréprochable. Tout le monde le savait. Il buvait trop et jurait comme un marin. Ce qu'il avait été, bien sûr. Même si, à la fin, il avait passé plus de temps sur terre qu'en mer.

Van Alsten avait dû avoir un enterrement militaire, réalisa Gil. Le drapeau plié en triangle et la sonnerie aux morts.

Il fallait qu'il demande à Connie où se trouvait sa tombe. Et qu'il lui rende visite.

Avant ses missions, quand il était très jeune, il était un certain homme, raconta Connie. Elle le connaissait déjà à l'époque. À trente ans, quand il était rentré à la maison pour de bon, il était devenu quelqu'un d'autre. C'était à cette époque qu'il avait commencé à boire. Il parlait rarement de la guerre, ne voulait pas ennuyer les autres, mais souffrait constamment d'un sommeil agité. Une fois ses missions terminées, pas un seul jour ne passait sans qu'il pense à ceux qui servaient encore leur pays.

Dans un conflit ou un autre.

Ou à ceux avec qui il avait servi et qui avaient péri.

Il avait la culpabilité du survivant. Quand elle était tombée malade, il n'avait pas hésité un instant à l'aider.

Il n'avait pas été irréprochable, mais il avait été quelqu'un de bien. Il ne fallait pas toujours se fier à ce qu'il disait.

C'était ça, avec Van Alsten. Sous l'armure, il avait toujours été bon.

Son fils se leva et parla, mais dut s'arrêter à cause des sanglots ; sa fille termina son discours au milieu d'une phrase en disant « Merci ». Elle alla s'asseoir à côté de sa mère, qui passa un bras autour d'elle.

Le frère de Van Alsten prit la parole. Guindé mais néanmoins sincère.

Et puis ce fut au tour de Gil.

Il se mit debout sur ses jambes flageolantes et raconta ses petites histoires, celle de la première soirée de Van Alsten au centre pour réfugiés, les jeunes désarçonnés par son langage ordurier qui ne tardèrent cependant pas à devenir ses loyaux acolytes. Qui le suivaient avant et après les matchs comme des poissons-pilotes dans le sillage d'un gros requin sympathique. Et puis il leur raconta l'anecdote du pigeon.

L'assistance rit en entendant cette histoire. Plus fort qu'elle ne le méritait.

Ils avaient envie de rire, comprit Gil. Tout simplement.

Il avait terminé. Pouvait se détendre. Le poids était levé.

Ensuite, ce fut Legs. Il était trapu et tout petit. D'où le surnom. Il évoqua la « générosité ridicule » de Van Alsten. Tous l'appelaient V. A. ou Van.

Van ne retenait pas ses coups. Pour lui, la pauvreté n'excusait pas tout. Les gens le respectaient pour cela. Il disait qu'il était un homme blanc riche, et putain, il n'y pouvait rien. Il les emmenait dîner au restaurant chaque semaine après le match du vendredi.

Il leur proposait de leur payer des restos snobs, dit Legs, des endroits où la bouffe coûtait un bras, autant que le salaire hebdomadaire de certains des gars de l'équipe. Van Alsten disait Ne regardez pas les prix. C'est bibi qui paie ! C'est l'occasion de le saigner !

Ils avaient essayé l'un de ces restaurants pour lui faire plaisir, mais désolé, ça ne leur avait pas plu. La nourriture était chelou, et en plus, il n'y en avait pas assez. La bonne blague. Une assiette de dînette est arrivée avec une cuillerée de bouillasse marron et un brin d'herbe posé dessus. Je le jure devant Dieu. De l'herbe, de la vraie ! On a cru qu'on se foutait de nous. Que genre Van Alsten se payait notre tête. Et que la vraie nourriture arriverait ensuite.

Mais non, on était censés manger ça. Après, on lui a demandé de nous emmener dans notre boui-boui à burgers habituel.

L'assemblée rit et applaudit, fit des commentaires reconnaissants.

Ensuite, Connie se leva de nouveau et dit qu'il y aurait un bref hommage devant le panier. Les gens pouvaient faire pivoter leur chaise. Elle leur laissa une minute.

Il commençait à faire sombre, et les lumières sur le terrain n'étaient toujours pas allumées. Seul le panier était éclairé, une guirlande lumineuse de Noël scintillait sous les fleurs.

D'un côté du terrain, les joueurs s'alignèrent, chacun muni d'un ballon. Dans le clair-obscur, les ballons luisaient. De différentes couleurs, vert, jaune, bleu et blanc.

— Comment ils ont fait ça ? murmura Gil.

— À la bombe, chuchota Sarah. Peinture phosphorescente. Je les ai vus empilés sous une lampe de chantier près de la clôture. Je me suis demandé pourquoi. Pour emmagasiner de la lumière, certainement.

— Pour toi, Van ! cria Legs.

Il était le premier dans la file. Il tira, et son ballon vert et blanc rentra dans le filet en émettant un sifflement. Puis le suivant. Panier sur panier. Un type tira en double pas. Personne ne rata.

Des gamins se levèrent de leur chaise, et deux ou trois accoururent de l'aire de jeux. Les hommes leur remirent les ballons, et eux aussi tirèrent. Quand ils rataient leur panier, ils récupéraient leur ballon qui rebondissait d'un air penaud et faisaient la queue pour retenter le coup.

Les lumières du terrain s'allumèrent et cela se transforma en match.

Il y avait une veillée dans un bar du coin. Les joueurs enfilèrent des chaussures de ville pour l'occasion. Ils avaient mis des baskets sur le terrain mais se changèrent ensuite.

Pour honorer le *dress code* personnel de Van Alsten dans les bars.

Legs raconta à Gil que cela n'avait pas été facile à organiser. Bon nombre de jeunes ne possédaient que des baskets. Pour eux, basket égale chaussure, et chaussure égale basket.

Au bar, alors qu'il attendait des boissons pour les ramener à la banquette qu'il partageait avec Vic, Inez et Sarah, il remarqua deux hommes en uniforme à côté de lui. Leur casquette blanche calée sous une aisselle, ils se servaient de leur bras libre pour lever leur verre.

Il se demanda s'il existait une règle qui interdisait de poser sa casquette.

— Bel éloge funèbre, le complimenta celui qui se trouvait face à lui.

L'autre se retourna.

— Ouais, mec. T'as tout compris à Van.

— Merci. Ça m'a drôlement coûté. Je ne suis pas coutumier des discours. Au fait, je m'appelle Gil.

Ils se présentèrent. Rick et Duane.

— Je pensais dire quelque chose, mais ensuite je me suis dégonflé, avoua Rick.

— Eh bien moi j'ai failli me débiner.

— Je me serais ridiculisé. J'aurais bafouillé.

— Alors vous avez servi ensemble ?

Les boissons de Gil arrivèrent et il farfouilla dans son porte-monnaie pour le pourboire.

— Il ne racontait jamais comment c'était. La guerre. Il ne parlait que des gens qu'il avait connus là-bas.

— Ouais, tu sais, dit Duane, qui avait un accent du sud carabiné. T'as pas envie de revivre ça. La plupart du temps. Et pas avec des gens qui n'étaient pas là-bas.

— Une fois, on a failli perdre toute l'équipe, raconta Rick. Mais ce n'était pas de sa faute. Il voulait toujours parcourir le kilomètre de plus, Van. Il prenait des putains de risques de maboul. On disait toujours que c'était un miracle qu'il s'en soit sorti en un seul morceau.

— Il aurait tout fait pour ses gars.

— On est les seuls SEAL[6] à avoir survécu. À cette embuscade de talibans.

— C'était un héros impassible. Certains des trucs qu'il a faits... fallait être là pour le croire.

Ils hochèrent la tête, l'air songeur.

Rick laissa échapper un éclat de rire.

— Ce que t'as dit au sujet des jurons. On a toujours cru qu'il avait le syndrome de Gilles de La Tourette. Parce que c'était ce qu'il faisait au combat. Il balançait ce flot ininterrompu de « M... ». Dans le feu de l'action, tout le monde est grossier. Mais avec lui, on avait l'impression qu'il mitraillait. Comme s'il nous couvrait. En larguant sa volée de « merde » et de « putain ».

— Certaines de ses insultes étaient bizarres, en plus, dit Duane en hochant la tête. Tu te souviens. Elles avaient le don de t'arracher un sourire quand y avait rien de drôle. Des mots inventés. Comme Trou de curé. Truand de mes couilles.

6. Principale force spéciale de la marine de guerre des États-Unis.

— Cul à douille. Bordel à nez.

— Putain, mec. Faut qu'on les note.

Un monsieur âgé derrière eux les regardait d'un air désapprobateur.

Avant de partir, ils restèrent un petit moment avec Connie.

— En fait, dit Gil, j'ai une question à te poser.

— Ah ?

— C'est un truc qu'il n'a jamais voulu me dire. Il a toujours refusé catégoriquement. Alors peut-être que c'est encore tabou.

— Demande-moi ce que tu veux.

— Quel était son prénom ? Celui qu'il détestait tant.

Connie se rapprocha de lui.

— Octavian.

Œuf

C'était la dernière année où elle ferait la tournée des maisons pour Halloween, avait annoncé Clem à ses parents. Elle se déguiserait en ange noir.

— Noir comme le mal ? demanda Gil.

— Non, plutôt comme dans « habillé tout en noir », répondit Ted. Pas sûre que la dimension morale l'intéresse beaucoup.

— Donc elle ne va plus jouer le jeu.

— Pas plus que d'habitude, j'imagine. Elle n'est pas à fond dans le look gothique normalement. Le condamne en termes on ne peut plus clairs. Mais elle aime bien le maquillage pour les yeux. Regarde des tutos sur Internet. Comment se faire l'œil charbonneux.

— Sa dernière tournée des maisons pour Halloween, hein ?

— La fin de l'enfance.

Ils étaient partis en mission de reconnaissance en voiture, cherchaient de nouveaux dojos. Ted était allé enquêter sur l'ancien, s'était faufilé dans la salle d'observation pendant un cours pour adultes. Les élèves ne souffraient pas de calvitie masculine : de nombreux crânes étaient rasés. Leurs coiffures ne suffisaient pas à les condamner, et il n'avait pas remarqué d'autres swastikas.

Néanmoins, déterminé à ne pas rentrer à la maison les mains vides, il avait pris des photos dans le petit parking. Deux camions bien barrés, garés côte à côte. L'un d'eux arborait le drapeau confédéré, l'autre un cercle noir et blanc et une croix sur le capot. Une croix celtique.

— Logo de Stormfront, avait dit Ted. J'ai dû mener l'enquête.

S'agissait-il d'individus isolés ou de quelque chose de plus organisé, ils n'avaient aucun moyen de le savoir. Quoi qu'il en soit, Tom allait changer de cours.

Il allait se déguiser en pirate.

— Classique ! dit Gil. Pas l'un de ces pirates somaliens, j'imagine ?

— Un genre hybride. Il a demandé à avoir un chapeau tricorne. Et une veste et des bottes à revers comme Jack Sparrow. Mais pas d'épée. À la place de son épée, il veut prendre son blaster nerf.

C'était l'engouement du moment de tous les gamins de son âge. Ardis avait plusieurs règles contre les jeux impliquant des armes, notamment celle sur les jeux vidéo. Mais son père, un gentil veuf âgé atteint de démence sénile qui habitait seul et loin de chez eux, avait oublié ces règles. Il avait offert à Tom un gros blaster. Avait déployé des efforts considérables pour acheter et envoyer le cadeau. Et avait réclamé des photos de son petit-fils en train de jouer avec l'engin.

Et une chose en avait entraîné une autre.

Le blaster ressemblait à un AK-47, à ceci près qu'il était orange pétant.

Tom avait voulu le peindre en noir à la bombe pour une partie de nerfs sur la thématique zombie avec des copains. Dans le cadre d'un anniversaire.

Écoute, ce n'est pas pour rien qu'ils ne les fabriquent pas de la même couleur que les vraies armes, avait souligné Sarah pour l'en dissuader.

— Vous jouez dehors parfois, n'est-ce pas ? Il y aura peut-être un flic dans le coin qui aura la gâchette facile et tirera sur vous. Dans ton quartier, ce sera plutôt l'un de ces policiers privés dont tu peux louer les services. Je suis tombée plus d'une fois sur des agents de sécurité ridiculement chatouilleux de la gâchette. Rends-moi un service. Ne peins pas ton blaster en noir. Ni même en gris.

Elle avait déjà opéré plusieurs jeunes victimes de fusillades.

Tom redoutait le jugement de sa mère. Il insistait sur le fait que le jouet n'était pas une arme.

— C'est pas une arme, c'est un blaster ! dit-il à Gil avec sincérité.

— Ah, je vois, dit Gil en hochant la tête. Oui, intéressant, hum. Sa ressemblance avec une arme à feu est incroyable.

Le blaster lançait en succession rapide des projectiles semblables à des cartouches. Tom tirait en courant partout dans la cave de Gil, qu'il avait choisie pour son espace et ses cibles de flipper illuminées. Mais aussi pour sa distance pratique avec sa mère. Gil retrouvait tout le temps des munitions dans les coins et les recoins. Une fois, une cartouche – que Tom appelait « fléchette » – apparut dans son panier de linge après être allée dans le séchoir, sa mousse bleue déchiquetée nichée dans les bonnets des soutiens-gorge et l'entrejambe des slips.

La tolérance aux blasters divisait en suivant la ligne entre les genres : Gil et Ted étaient disposés à tendre l'autre joue, mais Ardis et Clem méprisaient cette pratique.

Lorsqu'elles exprimaient leur mépris, Tom était blessé. Il n'aimait pas être soupçonné d'agression.

Le blaster, c'était juste *marrant*, protestait-il, au bord des larmes, quand le sujet était abordé au cours du dîner.

Et se précipitait hors de la pièce. Tragiquement incompris.

— Bien sûr, *in fine*, les armes ne sont pas acceptables en soi, dit Ted. T'as vu ? T'as vu ce que j'ai fait ? Du latin ! J'ai vraiment appris quelque chose à la fac. Mais peut-être qu'on devrait y aller mollo avec lui. Sur les jeux avec des armes. Parce que bon, dans son truc d'arts martiaux, il pratique juste des mouvements dans le vide. Et quelques techniques de self-défense. La vérité, c'est que mon garçon ne ferait pas de mal à une mouche.

— Ni à une fourmi, ajouta Gil. Lorsqu'il voit une fourmi dans la maison, il la remet dans le jardin. Il ne tuerait même pas un moustique.

Les moustiques étaient plus nombreux qu'avant dans le quartier, avait dit un ancien à Ardis. Même si on utilisait moins d'eau.

— Je l'ai vu de mes yeux être piqué par un moustique et refuser de l'écraser, poursuivit Gil. Il a juste attendu qu'il finisse de le piquer.

Tom lisait un livre sur la vie des insectes dont il restituait souvent le contenu à Gil. Il disait qu'ils étaient en déclin mondial et qu'il fallait les sauver.

Mais les moustiques ? avait répliqué Gil. Ils diffusaient des maladies. La malaria, par exemple.

Pas ici, avait dit Tom.

Eh bien dans le Nil occidental, si tu veux.

Ce n'était pas parce que les insectes étaient petits et n'avaient pas de cerveau qu'ils ne réfléchissaient pas et ne ressentaient rien, lui avait expliqué Tom. Ils avaient un autre système que le cerveau, mais qui était tout de même très efficace.

— Une fourmi pourrait bien être plus intelligente que toi, avait-il dit d'un air sérieux. Tu es plus petit qu'une baleine bleue, n'est-ce pas ? Vraiment plus petit, Gil. Mais je parie que tu penses être plus intelligent qu'une baleine bleue.

— La question reste néanmoins ouverte. D'un point de vue scientifique. Les orques peuvent très bien être plus intelligentes que moi. Ça, je le sais. Peut-être les tout petits dauphins. Et les éléphants probablement aussi.

— Gil. Pour info. Certaines fourmis ? Elles aident leurs amis.

Après un dîner marqué par un conflit autour du sujet du blaster, les adultes s'assirent sur la galerie à l'arrière de la maison. Clem alla enfiler son déguisement d'ange pour leur montrer. Une avant-première pour les VIP, dit-elle.

Elle faisait tout en avance. Clem était organisée.

Elle portait une combinaison noire moulante ornée d'une forme de squelette blanc translucide. Ses ailes étaient noires également. Généreusement garnies en plumes.

— Tu as vraiment l'air maléfique, estima Ardis.

— Est-ce qu'ils ont tué des corbeaux pour avoir ces plumes ? demanda Ted.

— Ça existe vraiment, les meurtres de corbeaux[7] ? demanda Sarah.

Elle aimait jouer avec les mots, avait remarqué Gil. Il l'avait charriée à ce sujet. Un vilain défaut, avait-elle admis.

Et il lui avait répondu : Eh bien. Il s'en accommoderait. Car elle n'en avait pas beaucoup, des défauts.

— Papa. Ces plumes ont été teintées.

7. En anglais, une volée de corbeaux se dit « *a murder of crows* », littéralement, un « meurtre de corbeaux ».

— Ah. Alors ils ont peut-être tué des oies à la place. Ou des cygnes.

— Ils ne les tuent pas ! dit-elle.

Elle leva les yeux au ciel. Et partit.

— Elle a raison, concéda Ardis. Mais se faire arracher les plumes alors qu'on est encore en vie, ça n'a rien d'une partie de plaisir non plus.

Jason avait rejoint la section locale d'un groupe d'ornithologues amateurs. Il y avait fait la connaissance d'une dame d'un certain âge, une veuve qui semblait l'apprécier aussi. Peut-être était-elle sa dame corbeau.

— Quel âge a-t-elle ? lui demanda Sarah avec son franc-parler habituel.

Jason était jeune, même s'il n'en avait pas l'air.

— Elle a cinquante-deux ans.

— Si elle est, ta, euh, dame corbeau. Eh bien. Est-ce que c'est un problème que vous ne puissiez pas avoir d'enfants ? demanda Sarah.

— La vache, intervint Gil. Ta question est assez indiscrète.

— Mais ce n'est pas grave, n'est-ce pas ? Puisqu'on est des gens et non des corbeaux, dit Sarah.

— Je ne veux pas d'enfants. Ce pays n'est un lieu sûr ni pour les oiseaux ni pour les hommes.

— Bien dit.

— J'ai lu ça dans un magazine. Et de toute façon elle en a déjà un. Adulte. Il s'appelle Steve. Il est comptable. Il vit à Sierra Vista.

Gil pourrait devenir bénévole pour le groupe d'ornithologie, suggéra Jason.

Ils avaient besoin de gens pour aider à mener des études de terrain. Dans les forêts nationales, certaines prairies et des zones à proximité des cours d'eau. Pour aller compter les populations d'oiseaux rares.

Comme ça, lui et Gil pourraient être de nouveau bénévoles ensemble, dit-il avec enthousiasme.

Gil devait l'admettre – l'idée n'était pas mauvaise.

Au lit, il demanda à Sarah si elle voulait avoir des enfants.

— Je n'étais pas sûre à l'époque, répondit-elle un peu songeusement. Notre couple n'était pas très solide. Et maintenant, je suis trop vieille. J'ai loupé le coche, je crois.

— T'es pas si vieille. Tu pourrais encore adopter.

Il n'avait pas prévu de dire cela. Mais en l'énonçant, il se rendit compte qu'il y avait réfléchi. Qu'il avait pensé au fait que sa mère était orpheline.

Elle se tourna sur le côté pour être face à lui.

— Je pourrais ?

— Eh bien. Hypothétiquement.

— Je pourrais sûrement.

Ils restèrent allongés comme ça. Gil laissa ses yeux s'attarder sur ses lunettes de lecture papillon posées sous la lampe de chevet à côté d'elle. Une revue médicale était étalée à l'envers.

Curieusement, il n'était pas mal à l'aise.

— Ce n'est pas facile. Les adoptions à l'étranger ne sont plus trop possibles de nos jours. Pour les adoptions nationales via des agences privées, il faut auditionner. Un collègue à moi est passé par là. Ils créent une brochure pour toi ! Des photos de toi en train de sourire, ou pendant tes loisirs dans ta maison ou ton jardin. Il faut récolter des témoignages. Sur ton aptitude émotionnelle pour la parentalité. De ta famille et de tes amis. Ensuite les futures mères peuvent feuilleter une liasse de brochures.

Des dizaines. Des centaines. Pour décider si tu le mérites. Ça peut prendre des années. Mère adoptive célibataire ? Handicap majeur. Médecin ou pas, jamais on ne me choisirait. À moins de m'orienter vers un enfant plus âgé. De passer par l'adoption publique. Et de commencer comme famille d'accueil. Ce qui… Je ne sais pas si je serais une bonne candidate. Avec ma carrière particulière.

— Pour ce qui est des adoptions privées, tu n'aurais pas à être célibataire.

— Ah bon.

— Tu pourrais avoir un compagnon sans emploi. Qui pourrait rester à la maison avec l'enfant. Enfin, hypothétiquement.

— Il me faudrait quand même prendre un congé. Je le voudrais. Si une femme me confiait son bébé.

— Eh bien, évidemment. Mais ensuite tu retournerais au travail. Quand tu serais prête.

— Hum, dit Sarah.

Et elle sourit.

Hadley téléphona tôt un mardi pour leur point habituel. Il lui dit qu'il annoncerait son départ à la retraite à Noël. Il était temps de lever le pied. De consacrer ses week-ends à la pêche à la ligne. Il possédait un cabanon à côté d'un cours d'eau dans les Catskills.

Gil s'y était attendu mais éprouva tout de même de la nostalgie.

— Eh bien. Vous allez vraiment me manquer, dit-il.

Sa grand-mère n'aurait pas vu cela d'un bon œil. Dans son code de conduite, cet aveu se serait apparenté à une effusion de sentiments.

Dans la lettre qu'elle avait laissée pour lui aux administrateurs, elle lui avait demandé de ne pas appeler

Hadley par son prénom. C'était une relation purement professionnelle. Les limites, lui avait-elle enseigné, étaient primordiales.

Gil n'avait pas eu l'intention de suivre son conseil, mais bizarrement, Hadley était toujours resté Hadley.

Comme Van Alsten avait toujours été Van Alsten.

— J'ai quelques candidats pour vous. Parmi les jeunes collaborateurs. Vous en avez rencontré certains.

— Je n'ai droit qu'à un *jeune* collaborateur ? Je ne suis pas l'un de vos plus riches clients ?

Parfois, quand Gil parlait avec Hadley, une pensée idiote lui traversait l'esprit et il l'autorisait à franchir sa bouche sans la filtrer. Hadley avait l'habitude. Il ne gloussa même pas.

— Nos collaborateurs plus expérimentés sont eux aussi des fossiles. Tous en route pour la retraite dans les deux ans qui viennent. Je ne veux pas que vous passiez de main en main comme une débutante à un bal.

— Moi non plus.

— Bientôt, nous examinerons ensemble les profils. Je voulais juste vous prévenir suffisamment en amont.

— Eh bien, merci.

— Autre chose, avant d'évoquer votre don de fin d'année. J'ai dû arrêter les virements à votre ami le chauffeur ivre. Vous le verrez sur vos relevés.

— Arrêter ? Pourquoi ?

— Décédé.

Gil resta muet quelques instants. Des diapositives défilèrent dans sa tête.

Dag qui chauffait des burritos au micro-onde.

Qui regardait des cafards de la taille d'un pouce se carapater autour de toilettes crasseuses.

Dag qui mourait.

— Vous allez me sortir : je vous l'avais bien dit.

— Il n'a pas fait d'overdose, à proprement parler. Je me suis trompé sur ce point. Aucune trace de stupéfiants. Juste beaucoup d'alcool et de tabac. Pour un homme dans son état. Sa mort est en lien avec son lupus, m'a-t-on expliqué. Arrêt cardiaque.

— Ah.

Sobre comme un juge, avait dit Dag.

Gil songea que cela avait été vrai, techniquement. Même les juges de la Cour suprême n'avaient plus la réputation d'être des modèles de sobriété.

— Vous avez payé son enterrement, l'informa Hadley.

Après avoir raccroché, Gil se sentit désorienté.

Dag n'avait jamais connu de répit. Quel manque de bol de mourir si peu de temps après l'arrivée du navire tant attendu.

Un navire qui avait exigé tant d'efforts.

Voyez le navire des rêves qui entrait au port sur un océan bleu. La cale chargée de provisions. Toutes voiles dehors. Tandis que des nuages cotonneux filaient dans le ciel.

Brutalement, il s'échouait.

Sarah laissa quelques brochures imprimées sur papier glacé traîner sur le plan de travail de la cuisine. Gil les lut.

Halloween était sa fête préférée, disait-elle. Elle se déguisait toujours pour donner des bonbons. Cette année, elle se déguiserait en chauve-souris. Plus précisément en renard volant, avec un estomac rembourré et duveteux. À l'hôpital, il y avait une infirmière qui cousait beaucoup. Qui aimait confectionner des déguisements pour les membres de l'équipe. Qui prenait des commandes.

Sarah proposa à Gil de lui prendre aussi un costume de chauve-souris.

Il ne s'était pas déguisé depuis l'enfance. Lane s'était parfois déguisée pour une soirée Halloween à laquelle ils étaient invités, mais elle ne l'avait jamais encouragé à le faire. « Vas-y comme t'es, disait-elle. C'est déjà un déguisement en soi. »

Il l'avait soupçonnée de vouloir un homme normal à ses côtés pour lui servir de faire-valoir. Un homme à l'air coincé. Mal à l'aise en société.

Ou peut-être qu'elle aurait eu honte de le voir déguisé.

— Deux chauves-souris, hein ?

— Un couple de chauves-souris velues, entre deux âges.

Le quartier avait la réputation d'être un bon filon pour les bonbons : certains voisins donnaient de grosses poignées de confiseries. Des groupes entiers d'enfants venus des quatre coins de la ville étaient déposés ici par leurs parents pour amasser leur butin.

Certains couraient à toute vitesse entre les maisons en émettant des cris de ralliement.

Leur désir de bonbons était intimidant, dit Sarah derrière son museau de chauve-souris.

Gil avait un problème avec son masque. Toute une tête, en réalité. On l'enfilait comme une capuche et il était plutôt réaliste, avec de petites oreilles pointues au-dessus – le renard volant avait des oreilles étonnamment petites pour une chauve-souris – et un museau saillant. Comme un renard. D'où le nom, sans doute.

Mais cela restreignait à la fois la respiration et la vue. Il n'avait quasiment aucune vision périphérique.

De plus, il avait chaud sous l'épais tissu et les larges ailes.

Clem et Tom faisaient leurs tournées séparément, chacun avec son propre groupe d'amis. Clem allait à une soirée après, alors elle passa tôt.

Ses amies portaient aussi des vêtements noirs moulants. Du rouge vif sur les lèvres.

Pas clair de savoir en quoi elles étaient déguisées.

— En vampires ? devina Gil après leur départ.

— Mais elles n'avaient pas de crocs.

— En choristes de Robert Palmer ? suggéra Gil.

— Gil ! T'es tellement années 1980. Dans la guerre de la pop culture, *Star Trek* a perdu. *Star Wars* a gagné. Avec Robert Palmer, on est plus du côté de *Star Trek*. Pas du tout retro-cool. Elles n'ont jamais entendu parler de ce type.

Quand Tom se présenta à la porte muni d'une lanterne citrouille remplie d'un véritable butin, il était accompagné d'une saucisse gonflable et d'un machin gris poilu qui ressemblait à un monticule de cheveux.

Ardis les salua depuis le trottoir. Elle était avec les parents des autres enfants, avec qui elle discutait.

— Yéti, répondit le monticule poilu quand Sarah lui posa la question. Des bonbons ou un sort !

— Un sort, alors, dit Sarah.

Le pirate, le hot-dog et le yéti en restèrent pantois.

— On ne connaît aucun sort, avoua le pirate.

D'une voix plaintive.

— Je connais une blague, proposa le hot-dog. Je peux la raconter.

— Ok, répondit Gil.

— Toc toc.

— Qui...

— Le hot-dog qui coupe la parole !

— Ha ha ! dit Gil.

— T'es quoi, une espèce de rat géant ? demanda le yéti.

— Quoi ? s'indigna Gil

Il écarta les bras.

— Est-ce qu'un rat géant a des ailes ?

— Je ne sais toujours pas ce que t'es, dit le hot-dog sur le ton de la provocation.

— Une chauve-souris, lança le pirate en roulant des yeux. Ça se voit.

— Des renards volants, précisa Sarah. Ils vivent en Australie.

— J'y suis allé, dit le yéti en haussant les épaules. C'est pas si génial. C'est tout poussiéreux et chaud. Comme ici.

— On peut avoir nos bonbons, maintenant ? demanda le hot-dog.

— C'est trop demander, un petit échange ? C'est plus ce que c'était, Halloween, déplora Sarah en leur tendant des sucreries.

Bien plus tard, aux environs de 22 heures, un garçon solitaire sonna. Il avait un visage vert et un front très long sous la frange d'une perruque noire.

Ils pensaient que la tournée des bonbons était terminée, alors ils avaient enlevé leurs têtes de chauves-souris. Sarah avait ôté tout son déguisement. Portait sa blouse de médecin en dessous.

Gil n'avait pas encore pris le temps de le faire.

Ils buvaient leur cocktail du soir.

Sarah ouvrit la porte, Gil à la traîne derrière avec leur bol de friandises.

Frankenstein n'avait pas d'amis. Mais à quelques mètres derrière lui, sur le trottoir devant la maison, se trouvait un adulte. Un homme.

Qui discutait au téléphone, à moitié tourné.

Lui, Gil le reconnut. Le mec ivre en colère.

Et donc le monstre de Frankenstein était Brad.

— Des bonbons ou un sort, lança le garçon.

— Belle cicatrice, fit remarquer Sarah. Plutôt authentique.

Brad/Frankenstein haussa les épaules et lui tendit un sac en plastique. Sarah y laissa tomber quelques bonbons.

— Merci, dit Brad.

Et puis il aperçut Gil. Difficile de lire son expression sous le maquillage vert. Il tourna les talons pour partir.

— Hé, salut, le héla Gil.

Brad se figea, mais le père leva la tête.

— Je suis Gil. Je crois qu'on s'est déjà rencontrés. N'est-ce pas ?

Brad était toujours plus près de Gil que de son père.

— Ne lui racontez pas, murmura-t-il, tête baissée, avec une urgence dans la voix, de la panique. Pitié, ne lui dites rien. Ce que j'ai fait dans le bus. Y a que ma mère qui est au courant. Pitié. Je vous promets, j'ai déjà été puni.

L'homme se dirigeait lentement vers eux.

Gagné par la peur de Brad, Gil éprouva lui-même une poussée de panique. Adressa un petit hochement de tête rapide à Brad.

— Je ne pense pas, dit l'homme.

Il fit passer son téléphone dans sa main gauche et tendit la main droite vers Gil.

— Gary.

— Si. On s'est rencontrés. À la soirée ?

— Ah, oui. Cette pendaison de crémaillère ? Chez les voisins ?

— Non. Après. Une soirée ici.

— Je ne pense pas être venu à celle-ci, répondit Gary.

— Si, vous étiez là, dit Sarah.

D'une voix joyeuse. Mais en l'obligeant à reculer.

— Moi aussi, je me souviens de vous.

— Ça devait être quelqu'un d'autre, répondit Gary avec un tout petit sourire.

Sa voix ne trahissait aucune tension.

— Pas d'inquiétude. Ça arrive tout le temps. Les gens croient me reconnaître. J'ai ce genre de visage, voilà tout. Allez fiston. On a fini. T'as assez de bonbons comme ça. Tu peux t'empiffrer. Il est temps de rentrer.

— Son gamin a peur de lui, dit Gil.

Quand Sarah eut refermé la porte.

— C'est clair. Il a tressailli quand tu l'as appelé. Et le père nous a menti sans vergogne. Il a bu une petite gorgée dans une flasque. Quand il a raccroché. Bon, nous aussi, on boit. Mais lui, il se cachait.

— Ok ! dit Gil. Attends.

Une aura de malveillance entourait le père. Une vibration de danger.

— Où est ma tête ? Vite ! Il me faut ma tête de chauve-souris.

— Quoi ? Là, dit Sarah en récupérant le masque. Attends. Bouge pas.

Elle lui mit la tête. Attacha les petits cabillots autour du cou. Pour le faire soi-même, mieux valait être en face d'un miroir.

— Qu'est-ce que tu fais ?

— Une bonne action, répondit-il.

Avant de se précipiter dehors.

Il aurait pu prendre ses lunettes de vision nocturne, pensa-t-il. Mais il n'aurait pu les adapter à la tête de chauve-souris.

Les lampadaires dessinaient des demi-lunes de lumière sur l'asphalte, mais entre deux croissants il faisait nuit. Devant les maisons, les lumières de la plupart des galeries avaient déjà été éteintes. Les bougies dans les citrouilles avaient été soufflées.

Une fois sur le trottoir, il regarda autour de lui : ils étaient là. Deux silhouettes qui s'éloignaient, à peu près au milieu de la rue.

Il suivit. Avec la tête, le déguisement de chauve-souris lui offrait une bonne couverture.

Il les rattrapa – devant, le père parlait au téléphone. Il émettait sa propre petite lumière. Brad était à la traîne, à trois ou quatre mètres de lui.

Son sachet blanc de bonbons pendouillait à son poignet, cognait contre l'une de ses jambes tandis qu'il marchait.

Tap-tap. Tap-tap.

Gil était tout près. Le père semblait être en train de se disputer au téléphone. Il était hors de lui. Jurait.

— Brad ! murmura-t-il.

Le garçon s'arrêta net, surpris.

— Tout va bien, siffla Gil. Continue à marcher.

Brad hésita, puis obéit en jetant un coup d'œil devant lui. Gil, qui le talonnait, se pencha vers lui.

— Je garde ton secret. Mais si tu as des ennuis, murmura-t-il, tu peux toujours venir me voir. Ou la maison en verre. Si tu as besoin d'aide. Tu le feras ? Hoche deux fois la tête pour dire oui. D'accord ?

Frankenstein hocha la tête une fois. Un instant plus tard, une seconde fois.

— Ok, dit Gil. Bien.

Il s'arrêta et les laissa continuer sans lui.

Puis s'évanouit dans le noir.

Comme le font les chauves-souris.

Un matin, il trouva un nid dans un palo verde du jardin dont les branches se déployaient au-dessus de la terrasse. Dans le nid, il n'y avait qu'un seul œuf.

Au début, il pensa qu'il s'agissait d'un nid de troglodytes des cactus, sauf qu'évidemment, ces oiseaux ne bâtissent pas de nids en novembre. Presque aucun oiseau n'en fait à cette période dans l'hémisphère Nord.

D'après Jason, il s'agissait d'un vieux nid. Et d'un vieil œuf.

Mais Gil était certain qu'il était nouveau.

J'imagine qu'un oiseau pourrait se tromper, dit Jason. Maintenant que les saisons sont différentes. Par rapport à avant.

Le jour du scrutin approchait. Gil était inquiet. Il voulait que cela soit passé.

Ce n'étaient que des élections de mi-mandat, mais tout de même.

Ardis les avait invités à regarder les résultats. Elle était optimiste. Avait accroché des banderoles rouge, blanc et bleu dans le salon.

Ted semblait moins enthousiaste. Il était maussade depuis une semaine ou deux.

Comme Sarah rentrait tard du travail, Gil envoya un texto à Ted pour lui proposer de venir boire un petit verre avant de rentrer chez lui. *Juste histoire de lever le coude avant d'entrer dans la bataille*, écrivit-il.

Ted ne lui répondit pas mais se présenta devant sa porte à 18 heures pétantes muni d'une bouteille de whiskey.

— Il est temps que je contribue à ton stock, dit-il.

Gil le trouva fatigué.

Il but son premier whiskey rapidement, alors Gil lui servit une bière ensuite.

— Comment ça va ? demanda-t-il.

Ils étaient installés au bar dans le salon.

— Je ne t'ai pas beaucoup vu ces derniers temps.

Ted haussa les épaules et lampa sa bière. En bruit de fond, la télévision passait des nouvelles sur les élections. Les experts faisaient passer le temps.

— Arf. J'ai connu mieux, je crois.

— Qu'est-ce qui se passe ? Stress au boulot ?

Ted hésita avant d'esquisser un petit sourire.

— Autant que je te le dise. Elle ne voudrait peut-être pas. Mais je vais le faire quand même. Entre toi et moi. Ardis couchait bien avec quelqu'un d'autre.

Gil opéra un petit calcul élémentaire. Il n'était pas censé être au courant, clairement.

— Merde, s'écria-t-il.

— Elle y a mis un terme. Un type rencontré lors d'une conférence. Un autre psy.

— Je suis désolé. C'est… Eh bien. Je suis désolé.

— Un psy adultère, dit Ted.

— Ça en fait deux. Techniquement.

— Il exerce comme coach de vie. Elle ne le respecte même pas. D'un point de vue professionnel.

— Coach de vie. Hum.

— Qu'est-ce qu'il enseigne à ses clients ? À faire cocu leur mari ?

— Via des QCM ?

Ted contempla sa bière. Les couleurs du téléviseur se reflétaient sur le goulot et la base de la bouteille marron. Qu'ils regardaient tous les deux.

Le contact visuel n'était pas souhaitable, comprit Gil.

Ce n'était pas grave.

— À l'époque, je l'ai déçue. Cette histoire avec la danseuse. C'était un cliché. Elle me croyait différent. Du coup, à l'époque, je lui ai plus ou moins donné mon feu vert. Pour l'avenir. Un crédit pour me tromper. Une carte pour sortir de prison sans avoir à payer. Enfin. Pour rigoler.

Mais je l'ai tout de même dit. Elle ne s'en était jamais servi. Jusqu'à maintenant.

— Un crédit ?

— Que veux-tu que je te dise ? On était jeunes. Naïfs. Il lui a fallu des années avant de me refaire confiance. Maintenant, je sais ce qu'on ressent. La méfiance. La déception.

— Bien sûr. Oui.

— C'est puéril, mais je ne voulais pas savoir ce que l'on ressentait dans ce genre de situation. Je ne voulais pas avoir à lui pardonner. Comme elle m'a pardonné. Elle aurait pu partir. Certaines femmes seraient parties. La plupart, sans doute. Mais elle a choisi de ne pas le faire.

— Elle a fait le bon choix, me semble-t-il.

— C'est un test. Pas pour savoir si je vais partir. Parce que bon, je ne vais pas partir. Pas l'ombre d'une chance.

— Bien, dit Gil.

— C'est une façon de tester mon caractère. Je ne dis pas qu'elle l'a fait pour ça. Elle l'a fait par rapport à elle, pas à moi. Mais de mon côté, ce que je perçois, c'est un test.

Il termina sa bière. Gil se leva et alla derrière le bar, lui servit un autre whiskey.

— Merci, mec. Je vais le boire doucement, celui-ci. Et merci de m'écouter. Je devrais en parler à un psy. Généralement, Ardis joue ce rôle. Gratos. Mais pas cette fois.

— Parle autant que tu veux.

— Je crois que j'ai toujours pensé qu'elle était mieux que moi. Qu'elle n'avait pas besoin de ce genre de liberté égoïste. Parce que nous avons tous besoin de nouveauté. Ça nous prend, de temps à autre. Et je me suis autorisé à croire que c'était plus facile pour elle de renoncer à la nouveauté. Tu sais, ce rêve qu'on a tous. Qu'en un clin d'œil, quoi qu'il arrive, nous pouvons agir sur un coup de tête. Parce que nous sommes personnellement libres.

Ils restèrent assis sans rien dire à siroter leur verre.

Libres, songea Gil. Personnellement libres.

La nuit était tombée, et il n'avait pas allumé les lumières dans la maison. Au-delà des murs du château, dans la maison en verre, il y avait de la lumière. Il ne la percevait pas directement, mais il voyait les traces qu'elle laissait. Sur la terrasse derrière sa maison, des rayons tombaient, entrecoupés par des ombres.

— C'est un test élémentaire. Est-ce que tu saisis les armes. Parce que tu te sens menacé. Ou est-ce que tu peux déposer les armes après avoir été blessé par quelqu'un. Juste les déposer et aller de l'avant. En brandissant ton drapeau blanc.

Se rendre, pensa Gil.

Ce n'était peut-être pas la stratégie des lâches, après tout. Peut-être que la reddition, quand la situation l'exigeait, était la chose la plus difficile à faire. Pas le combat.

Mais comment savoir quand elle l'exigeait ?

Et la liberté, cette vache sacrée qu'on invoquait toujours pour excuser les mauvais comportements, toutes sortes d'atrocités, qu'était-elle, finalement ?

On vous disait de la chérir, à l'école et dans les chansons, mais jamais on ne vous expliquait ce qu'elle était.

Possible que pour bon nombre d'entre eux, elle signifiait juste le droit d'avoir de l'argent. Ou d'en avoir plus.

Alors dans ce cas, les gens riches étaient toujours libres, comme l'avait affirmé un jour Hadley. Même si, pour quelqu'un comme Gil, cela ne ressemblait pas trop à la liberté.

Et personne d'autre ne l'était jamais. Du tout.

— Vaudrait mieux qu'on aille là-bas, dit Ted. Les premiers résultats commencent à tomber.

— Vas-y. Je te suis. Dans quelques minutes.

Après que Ted fut parti par la porte de derrière, Gil resta assis. Il n'avait pas très envie de suivre les résultats. Il les redoutait.

Avec sa propre prétendue liberté, il n'avait jamais fait autre chose que ce que tout le monde faisait. Et s'était nourri et vêtu. Pendant un temps, il avait aussi nourri et vêtu quelqu'un d'autre.

Qui se révéla plus tard ne pas être intéressée.

Que ferait-il, s'il pouvait complètement déchaîner sa liberté ?

De petits délits, peut-être. Il pourrait sillonner les trottoirs de Phoenix et arracher les panneaux de stationnement interdit. Enlever tous les rappels discordants de l'impact d'un camion contre des corps. Tout ce qui rappelait que quelques courtes secondes avaient rendu le monde triste. Pour sa grand-mère et pour lui.

La liberté d'un homme serait le chaos d'une ville. Au bout d'un moment, il pourrait commencer à caboter. Sans attaches, oublieux.

Il pourrait retrouver le réconfort de l'amour imaginé de sa mère.

Bien sûr, on remettrait de nouveaux panneaux.

Il nous est impossible de changer les faits, Gilbert, lui avait dit sa grand-mère. Nous ne pouvons que changer notre comportement. Face à eux.

Et peut-être ce que nous ressentons, avait-elle ajouté doucement.

Ce fut un moment de douceur transitoire.

La liberté ne peut être trouvée que dans l'esprit, mon chéri, disait-elle. Pas dans le monde.

Spontanément, une image lui vint. Quatre cartons. Elle les avait évoqués une ou deux fois. Des affaires de ses parents. Des objets divers et variés. Certains étaient des souvenirs d'enfance de son père, d'autres avaient appartenu à ses deux parents. Quand ils étaient mariés et avaient Gil.

Sa grand-mère avait toujours dit qu'ils étaient « profondément archivés ». Ce que cela signifiait, Gil ne l'avait jamais vraiment su.

Loin, avait-il pensé. Sous terre avec d'autres trésors. Cachés pour toujours en secret, un peu comme dans le vaste entrepôt dans *Les Aventuriers de l'arche perdue.*

Alors qu'il s'apprêtait à partir étudier à la fac, il avait trouvé les cartons.

« Profondément archivés » signifiait dans le grenier, finalement. Avec la mention *James et Emily* de 1 à 4.

Pour sa grand-mère, avait-il compris, les voir avait été insoutenable.

Il avait ouvert le premier carton. Avait trouvé une maquette d'avion en balsa dont l'une des ailes était écrabouillée. Il était peint en bleu, par les coups de pinceau imprécis d'un enfant, et il avait un autocollant d'étoile blanche sur le côté.

Il y avait deux bâtonnets d'esquimaux disposés en croix, avec de la laine colorée enroulée autour en zigzag de sorte à former un diamant. Il s'était rappelé avoir fabriqué ces objets lui-même un jour – des activités manuelles à l'école.

Les yeux de Dieu, les avait appelés leur institutrice.

Il y avait un petit livre intitulé *Trois cents énigmes : sauras-tu les résoudre toutes ?* Il se souvenait de la couverture : des dessins représentant un tipi, la statue de la Liberté, George Washington, un chardon et une sorcière sur son balai qui volait devant la pleine lune.

À l'époque, il avait refermé le carton. Cela le bouleversait. Et en même temps, il se sentait distant.

Mais les cartons l'avaient toujours suivi, où qu'il aille. À présent, ils étaient empilés sur un rayonnage en hauteur dans son garage. Là où les déménageurs les avaient posés.

Il les ouvrirait tous. Demain. Il était temps – les trésors seraient exhumés.

Leur contenu remplacerait les panneaux. Les délogerait.

Il en était certain.

Il décida de faire un détour. Une stratégie pour différer les choses.

Il y avait un chemin public entre le wash et la rue, à l'autre bout du jardin derrière la maison d'Ardis et de Ted. Il l'emprunterait. Échapperait un peu plus à l'angoisse électorale.

Il traversa son propre jardin, franchit la grille qui donnait sur le sable plus moelleux du wash. Il faisait sombre. Il faisait doux. Il se sentait bien, même s'il ne portait qu'un tee-shirt et un jean.

Il n'avait pris ni lampe de poche ni téléphone. Des plantes épineuses poussaient de toutes parts, mais il connaissait cette partie du terrain. Connaissait l'espace entre les cactus. Certaines nuits, en de rares occasions, on pouvait distinguer l'image floue de la Voie lactée, mais pas ce soir. Il apercevait le rectangle de l'écran de télévision dans le salon en verre, vaste et lumineux.

Il n'entendit aucun bruit à l'exception du vent qui agitait les arbres. Un grand duc d'Amérique volait peut-être dans les arbres derrière lui. Ils volaient en silence.

Certains oiseaux chassaient tandis que d'autres dormaient. Et quelque part, à travers le globe, d'autres encore faisaient des voyages épiques dans les courants au-dessus de sa tête. Leurs corps astucieusement métamorphosés pour leur longue traversée.

Si seulement nous pouvions les voir, lui avait dit Jason un jour. Dans les cieux nocturnes, par millions.

Ce serait le plus beau spectacle au monde.

Gil resta debout dans le désert et regarda l'écran de télévision. Il était trop loin pour voir les chiffres dans les boîtes. Il distinguait les contours de cartes du pays. Des champs de bleu, de rouge, et les couleurs de la chair : les visages des présentateurs. Les visages des candidats.

Dans la vaste nuit qui l'entourait, leurs images numériques semblaient n'être que du mouvement.

Des visages numériques bougeaient partout. Des projections qui capturaient tant d'attention.

Les vrais gens ne bougeaient pas tant, ceci dit. Ils restaient sur des trajectoires. Ils croyaient aux fantômes et en Dieu, deux entités franchement invisibles.

Mais le danger, le danger et le besoin de mouvement, le besoin d'action, ça, ils ne les voyaient pas. Ils refusaient d'y croire.

Lui y croyait. Et pourtant, il suivait le mouvement. Accomplissait de petites tâches. Planifiait sa propre vie mineure. Comme s'il n'y avait pas d'urgence en vue.

Si seulement les oiseaux décidaient de se battre. Aidez-nous, dit-il aux nuées endormies ainsi qu'à celles qui volaient.

Votre ciel se vide. Le mien aussi.

Aucune aide ne semble venir.

Mais soyons honnêtes. Les oiseaux étaient nuls en politique.

Dans le silence, tout seul, on pouvait laisser ses pensées vagabonder. Les méchants et les héros. Le courage et le sacrifice. Vous pouviez faire apparaître n'importe quoi.

Il marcha jusqu'à l'extrémité lointaine du jardin d'Ardis et de Ted, obliqua et remonta le long chemin qui menait à la rue. Il empruntait rarement ce sentier. Territoire moins familier. Des buissons et des cactus de part et d'autre.

À sa gauche, derrière les buissons, se trouvait la grille en fer forgé de ses amis.

Il entendit des voix. De femmes. Vit deux silhouettes se découper dans la lumière des lampadaires. Qui tenaient des verres de vin dont le contenu jaune captait la lumière.

Sarah. Et Ardis.

Instinctivement, il recula un peu. Caché par les buissons. Il se retirerait, reviendrait sur ses pas. Leur laisserait de l'intimité.

Et puis elles se rapprochèrent. Sur le côté de la maison. Plus sombre, mais plus près. Il hésita. Voulut vraiment partir.

Mais il n'était plus si sûr de pouvoir s'échapper sans qu'on le remarque.

— Le simple fait que tu me l'aies dit, c'est un peu trop. Maintenant, je suis obligée d'y penser, disait Sarah.

— Je voulais être honnête. Avec quelqu'un, au moins.

— Mais je ne suis pas juste quelqu'un. Je suis sa compagne.

— Et ma meilleure amie.

— Je sais, Ardis. Il n'empêche. C'est un fardeau. Et maintenant, je suis obligée de le porter.

— Je… Ok. Tu as raison, bien sûr. Je suis désolée.

— Parfois, il faut renoncer à l'honnêteté.

Le ton de Sarah était plus percutant que d'habitude.

— Par gentillesse. Je n'en reviens pas que tu ne le saches pas.

Des mots prononcés très bas, inaudibles. Ardis parlait tout doucement, et certaines de ses paroles se perdaient.

— … il y aura toujours une distance entre Ted et moi. Parce que je ne lui ai raconté qu'une partie de l'histoire.

— Il y aurait encore plus de distance si tu lui révélais le reste. Beaucoup plus. Cela pourrait vraiment nuire à votre couple. Tout ça. Je ne sais pas toi, mais moi, j'aime bien les choses telles qu'elles sont.

Gil sentit son ventre se tordre.

— ... moi aussi, mais...

— Et qu'est-ce que ça t'apporterait ?

Sarah était en colère.

— Du soulagement ? Parce que tu en as parlé ? Une connerie de psy pour te soulager ?

— Eh bien, ce n'est pas aussi simple que cela.

S'il bougeait maintenant, elles le verraient à coup sûr.

— C'est simple, si. Je suis avec Gil, toi tu es avec Ted. Bon, tu as des sentiments pour le mauvais. La belle affaire. La vie n'est pas une gigantesque séance de thérapie, Ardis. Certains jours, on doit faire du triage. Ma spécialité. Et là, c'est un jour qui l'exige. Je t'assure. Et ensuite, tu vis avec. Tous les désirs qui te traversent ne doivent pas forcément être exposés. Ça, c'est de l'honnêteté de divan, Ardis. À la maison, ici, ça s'apparente plus à enlever tes vêtements parce que t'en as envie. Et d'en imposer le fardeau aux gens qui t'aiment.

Gil sentait qu'on écrasait sa poitrine. Il s'obligea à prendre une profonde inspiration.

Van Alsten lui avait dit de respirer, il y a longtemps. Inspire profondément, lui avait-il recommandé.

Le contact chaud de sa main sur le bras de Gil. Cela lui revint. Comme si sa main était encore là.

— Alors n'embarque pas non plus Ted là-dedans. Il se remet encore de ta liaison triviale. De ta petite distraction. Ça fait déjà beaucoup pour lui. Oui, bien sûr, il y a de l'égoïsme dans ce que je te dis, parce que moi aussi, je serais blessée. Si Ted le savait. Si cela devenait ambiant. Et Gil aussi. Et même les enfants. Un effet d'entraînement.

On est tous… quel mot t'as employé déjà ? Empêtrés. On ne réveille pas l'ours qui dort, Ardis.

— … ça t'affecte beaucoup.

— Oui. Ouais, si tu veux continuer à présenter les choses à la manière d'un psy. Ça m'affecte beaucoup que tu te fourvoies au point de lâcher une tornade sur ta famille.

Long blanc. Et puis Ardis soupira.

Gil sentit la tension s'alléger.

— Ok, dit-elle, résignée. Ok, docteur. C'est toi la plus intelligente de nous deux. Tu gagnes.

Des pas loin de lui. Vers le trottoir devant la maison.

— … pense que tu voulais juste la permission, dit Sarah. De ne pas lui dire. Voire à eux deux. Et j'étais la seule à pouvoir te la donner.

— T'as peut-être raté ta vocation. De psy.

— Désolé, mais non. Plutôt crever.

— Et au fait, je n'ai pas de divan. Je ne suis pas analyste.

Leurs voix faiblirent. Et puis Gil entendit un rire. Un rire léger. Pas insouciant. Mais modérateur.

Il n'avait rien su. À présent il savait.

Il sentit une poussée de vanité. Son ego, hachuré de fierté. Du fait qu'Ardis puisse éprouver de tels sentiments à son égard.

Et ensuite, il pensa à Ted et à Sarah, et la fierté se renversa. Se transforma en honte.

Il ne resta que le côté pitoyable.

Nous voulons tous de la nouveauté, avait dit Ted.

Ardis y renoncerait. Quel que soit ce sentiment. L'ordre serait restauré.

N'est-ce pas ?

Si. Sarah y avait veillé. Sarah veillait à leur sécurité.

À tous, pensa-t-il. Pas juste celle d'une personne.

Il détesterait voir Ted blessé. Ou qu'il lui en veuille. La laideur. Et le gâchis.

Il ne marchait pas très droit – avait-il trop bu pendant leur bref interlude à la maison ? –, alors il laissa son bras aller vers l'arrière en vue d'agripper le poteau vertical de la grille pour retrouver l'équilibre et se donner de l'élan pour repartir.

Mais son bras trouva la douleur, de haut en bas, partout. Vive et dure. Dans son dos, aussi, sur le côté, sur le pan de chair où son dos rejoignait son aisselle. Une douleur cuisante. Accablante.

Il était à moitié dans un cactus. Il était collé à un cholla. Il connaissait tout sur cette plante : les épines se terminaient en hameçons.

Le cholla sauteur, le surnommait-on. Il se propageait de cette façon. Des segments tombaient au sol et s'y plantaient.

Il tira son bras vers l'avant : les épines se détachèrent de leur buisson.

Des dizaines de piquants étaient logés dans sa chair. La transperçaient.

Il eut énormément de mal à avancer tant la douleur était atroce – son corps était traversé d'élancements –, mais il s'obligea à reprendre le chemin du wash. Il ne fallait pas qu'elles sachent qu'il avait été témoin.

Pas uniquement parce qu'il avait été mesquin de sa part de se cacher. Mais aussi parce que les laisser savoir leur nuirait à tous.

Perturberait leur stratégie du secret.

Il remarquait à peine son environnement tandis qu'il avançait dans le taillis. Voyait à peine où il allait. La douleur détournait son attention. Des larmes floutaient son champ de vision, alors qu'il faisait déjà sombre.

Il avait le sentiment d'une marche de la mort en territoire hostile. Insupportable. Mais il fallait l'endurer.

Alors il n'y eut aucun avertissement. Il faillit lui rentrer dedans. Il crut se voir lui-même, pendant quelques secondes aveuglantes. Un produit de l'imagination du miroir – un cyborg noir.

Mais non. C'était un homme avec des jumelles fort similaires aux siennes. Un gilet pare-balles, ou quelque chose du genre. Avec des poches. Motif camouflage.

Qui tenait une longue arme.

Qui empestait la sueur et le whiskey.

Ou non. La tequila, peut-être.

L'homme enleva ses lunettes. Elles restèrent posées sur sa tête, bulbeuses.

— C'est quoi ce bordel ?

Il laissa échapper un petit gloussement incrédule.

— La vache !

Le père. Comment s'appelait-il, déjà ? Gary.

— Mec, c'est pas la forme, dit-il. T'es recouvert de cactus, putain.

En temps normal, pensa-t-il plus tard, il aurait renâclé. N'aurait pas abordé le problème aussi directement.

Mais à l'intérieur de son nuage de douleur, de son armature vicieuse d'épines, il se sentait à l'extérieur de lui-même.

— Écoutez, Gary. Il faut que vous arrêtiez de tirer sur mes oiseaux.

Une prière. Mais aussi une injonction. L'adrénaline le parcourait en même temps que la douleur. Il était un buisson ardent.

Il se rapprocha, et le type recula.

— Tes oiseaux ? Ce sont pas tes oiseaux.

— Eh bien. D'une certaine façon, si.

— Ça va vraiment mal, mec. Merde, regarde-toi ! Tu devrais être aux urgences. Tu délires.

— Je vous ai cherché. Parce que si, ces oiseaux sont à moi. Vous savez pourquoi ? Parce qu'ils comptent pour moi. Et ils ne sont pas à vous. Parce que vous n'en avez rien à foutre d'eux.

— J'ai le droit de tirer sur tout ce que je veux. Territoire de l'État, trouduc. C'est la saison de la caille.

— Pas la nuit. Et vous n'avez pas le droit de tirer sur des rapaces. Jamais. Vous avez tué ma buse préférée.

Le type déplaça son arme. La fit passer d'une main à l'autre.

— Mec, t'as aucune preuve.

— D'accord. Parce que vous agissez dans le noir. Comme un lâche. Vous fouinez pour les débusquer avec votre attirail. Vous tuez tout ce que vous trouvez. Pendant qu'ils dorment. Vous vous faufilez et tuez des oiseaux endormis.

— Je t'emmerde.

— Et si je dois le signaler, je signalerai tout.

— Tout ? Tout quoi ?

Il fallait qu'il prenne un risque. Coup de poker. Il le fallait.

Une vague de douleur hérissa sa peau de chair de poule. Son cuir chevelu picotait bizarrement au contact de l'air.

Il avait peur, réalisa-t-il. Mais il s'en moquait. Charger vers l'avant. Foncer dans le tas. Être un vecteur.

— Je signalerai *tout*. Ce que vous faites aux oiseaux. Nous le savons tous. Et ce que vous faites à votre fils. Nous le savons aussi.

Le père resta muet.

Dans le noir, Gil ne voyait pas son visage.

— Zéro preuve, marmonna-t-il après quelques secondes.

— Ceci est une mise en garde. Arrêtez de tirer sur mes oiseaux. Et arrêtez le reste. Sinon…

Et puis il passa devant lui. Tandis que Gary, trébuchant vers l'arrière, se dérobait.

Devant le buisson ardent qui parlait.

Dans le wash, s'attendant à moitié à sentir l'impact du plomb dans son dos, dans son jardin, il continua de marcher. Puis il franchit le portail partagé qu'ils avaient installé.

Jusqu'à ce qu'il se retrouve devant la porte à l'arrière de la maison de verre.

Avec difficulté, il leva sa main indemne, toqua d'un coup sec.

Ce fut Tom qui accourut, fit coulisser la porte.

— Salut Gil !

Avant de s'écrier à retardement :

— Gil a plein d'épines de cactus sur lui ! Papa ! À l'aide ! Gil a une tonne de cholla sur lui !

— Bête, dit Gil en secouant la tête.

C'était une erreur de débutant, ici, dans le désert. De se prendre un cholla. On avait l'air ballot.

Ted se leva du canapé, se dirigea vers lui à grandes enjambées.

— Putain, mec ! Oh là. Merde. C'est chaud.

Il alluma les lumières extérieures. Sortit, prit l'autre bras de Gil et le conduisit jusqu'à un transat.

— Je ne peux pas m'asseoir, dit Gil. Elles s'enfonceront en moi.

— Bien. Bien. Ok. Reste debout. Je vais chercher des outils. Ne bouge pas, Gil, je vais t'apporter des analgésiques.

— Tellement bête, répéta Gil.
— Une fois, j'ai eu des chollas, dit Tom. Pas autant. Mais ça faisait super mal quand même.
Gil ferma les yeux, le bras tendu. Il tremblait, mais à la seconde où il fléchissait le bras, les épines se touchaient entre elles. Le mordaient encore plus fort.
Il fallait qu'il ouvre de nouveau les yeux. Il avait trop le tournis pour les garder fermés.
— Ça va, Gil, dit Tom.
D'une voix aiguë. Inquiète. Il prit l'autre main de Gil, la serra.
— Ça va aller. Mon père va les sortir.
Et ensuite, Sarah et Ardis étaient là.
— Oh mon Dieu ! s'exclama Ardis.
— Gil, dit Sarah, horrifiée. Qu'est-ce que t'as fait ? T'es tombé dedans ?
— Je me suis appuyé, répondit-il d'une voix faible.
Était-ce ce qu'il avait dit ? Tout était flou.
— Je me suis appuyé.
La sanction était largement méritée.
Regarderait-il Ardis différemment, à présent ? Trahirait-il ce qu'il avait entendu par mégarde ?
Il tâcha de garder ses yeux mi-clos fixés sur elle pour le savoir. Pour voir si cela serait très dur.
Mais ses yeux étaient encore embués de larmes, et elle devint floue.
Pendant un moment, il aimerait la garder floue.

Ni une ni deux, Sarah lui enlevait les épines de cactus à l'aide de pinces coupantes et à épiler. Elle portait des gants de jardinage pour se protéger, mais à cause de l'épaisseur du tissu, ses mains étaient maladroites, dit-elle. Les pointes en hameçon déchiraient la peau de Gil tandis qu'elle délogeait les piquants.

Il avala un comprimé que Ted avait déposé dans sa main. But un peu d'eau.

Ardis, qui mettait les épines extraites dans une boîte à chaussures avec des pinces de cuisine, évoqua les urgences.

Non, répondit Sarah. Les urgences, c'était de la connerie. Et il aurait juste quelqu'un comme elle. Dans le meilleur des cas. Ou peut-être une infirmière stagiaire. Après une période d'attente interminable.

Ils durent le débarrasser de sa chemise, une fois les plus gros segments sortis. Afin de pouvoir atteindre les fragments encore sur lui, au creux de son aisselle et entre ses côtes. Il avait l'impression d'être un enfant, torse nu devant tout le monde. Exposé et pétri de douleur, le bras au-dessus de la tête.

Les extractions prirent beaucoup de temps. Il fut assailli par des vagues de nausée. Il commença à se sentir tournoyer. Rêveur.

— Je ne te l'ai pas dit, se retrouva-t-il à confesser à Sarah, car il fallait qu'il confesse quelque chose. Je lui ai donné de l'argent. Tu ne voulais pas. Mais je l'ai fait.

— À qui ? Ah. Lui ?

— Mais ensuite, il est mort.

— Qui est mort ? demanda Ardis.

— Le chauffard en état d'ivresse, répondit Sarah.

Sarah tira avec sa pince tandis que Gil serrait les dents.

— Tu ne voulais pas que je le fasse. Et puis ensuite, il a fait une crise cardiaque.

Elle tira fort. Il haleta.

— Désolée. Celle-ci était très enfoncée. Les pinces ne sont pas mon instrument chirurgical de prédilection.

— Je lui ai donné de l'argent. Mais je ne l'aimais pas. Et ensuite, il est mort. Je ne lui ai jamais dit. Et maintenant, je regrette de ne pas lui avoir dit.

— Dit quoi ? lui demanda Sarah.

Elle laissa tomber l'épine de cactus dans la boîte à chaussures.

— Que je trouvais qu'il était un connard.

Ardis rit.

— Eh bien. Tu ne te bats pas pour toi-même, dit Sarah en haussant les épaules. Seulement pour les autres.

— Oh, dit-il.

Il ne s'en était pas aperçu. Cela lui donna envie de rire aussi. Mais il était trop occupé à grimacer. Pourtant, cela lui paraissait drôle. Grimacer, c'était comique.

Il flottait. Grimaçait et flottait.

— Ne te bats pas. Pour toi-même.

Plus tard, il lui parlerait de Gary.

S'il se trompait et que cet homme ne faisait aucun mal à son fils, il avait eu vraiment tort de le menacer, bien sûr. Cette idée lui tordait l'estomac.

Le cauchemar d'un parent. Être injustement accusé, par déduction et rumeur, de mauvais traitements.

Cependant, Gary s'était contenté de dire zéro preuve. Pas le genre de réponse qui sort de la bouche d'un innocent.

— Ted. Il m'a l'air délirant. Qu'est-ce que tu lui as donné ?

— De l'hydrocodone. Qui me restait. Une ordonnance de la fois où je me suis cassé la cheville. Je me suis dit qu'il en avait besoin.

— Tout le monde n'a pas la même tolérance à ce genre de médicaments, dit Sarah.

Il n'avait jamais pris d'hydrocodone de sa vie.

Clem était là. Son visage était horrifié. Il se demanda pourquoi, puis suivit son regard. Son bras. Il était très ensanglanté. Maculé de gouttes et de taches de sang.

— Je suis désolé, lui dit-il. Dégoûtant.

— C'est rien, Gil, répondit Clem. C'est pas ta faute.

Et elle esquissa un sourire. Tremblant. Mais censé lui donner du courage.

Il lui rendit son sourire. Ou du moins tenta.

— Continuez à parler, tout le monde. Dites quelque chose pour le distraire, les exhorta Ardis.

— Je vais parler des insectes ! lança Tom avec enthousiasme. Je viens d'apprendre des trucs rigolos. Gil. Savais-tu que la biomasse totale des insectes était plus importante que celle des humains de plusieurs ordres de grandeur ? Il y a au moins dix quintillions d'insectes sur Terre, Gil !

Bonne nouvelle. Peut-être que les insectes géreraient. Puisque les dinosaures n'avaient pas été à la hauteur.

Les insectes seraient peut-être naturellement doués pour la révolution, avec leur esprit de ruche. Leur intelligence sans cerveau, centralisée.

C'était la réponse. Les insectes. Encore plus anciens que les oiseaux.

Une impressionnante légion.

— Soulevez-vous, insectes, marmonna-t-il. S'il vous plaît. Soulevez-vous.

Si seulement ils pouvaient voir ce qui allait arriver. Si une connaissance de l'avenir pouvait leur être communiquée. Toutes les épouvantables prédictions.

Que pourraient-ils faire avec ce savoir ?

Mais il y avait la barrière de la langue, malheureusement.

Il ne pouvait pas leur dire. Ne savait pas comment le faire. Il avait les mains liées. Et ni les oiseaux ni les insectes n'avaient de mains.

Des plumes lustrées et des ailes. Des serres sculptées. De grands yeux noirs sans blanc. Dans le cas des insectes, de nombreuses pattes.

Il pensa aux pattes pendant un bon moment. Tant de pattes.

Des pattes velues de tarentule. Des pattes de papillon. Des pattes de mouche, qui tressautaient. Des pattes de mille-pattes. Pas ses préférées. Des pattes de scarabée. Des pattes de fourmi. Des pattes de cousin. Les pattes des chenilles.

Mais pas assez de mains. Pas de mains pour écrire. Ou tenir les armes.

Et absolument aucun mot.

On appliqua des compresses sur son bras et sur ses côtes. Fraîches. Humides. Des compresses rondes de coton. Elles piquaient. C'était Sarah qui s'en chargeait.

Son bras était de nouveau lisse. Les trucs pointus n'étaient plus là.

— En gros, il plane, dit Sarah.

Il somnola sur un canapé, le bras et le flanc bandés, pendant que les autres étaient en face de la télévision. Il se réveillait de temps à autre et les regardait.

Les enfants ne regardaient pas les résultats des élections. Clem scrollait sur son téléphone en souriant intérieurement. Tom lisait un livre – Gil connaissait la couverture colorée. Une série qu'il avait lue et relue sur un garçon dyslexique qui était, en secret, un demi-dieu. De temps à autre, il tendait le bras et piochait dans un gros bol de pop-corn sur un bout de canapé.

Ardis était pelotonnée à côté de Ted, les pieds repliés sous elle, la tête posée contre l'épaule de ce dernier.

Rassurante. Heureuse. Face à cette image rappelant la loyauté d'Ardis envers Ted – leur lien qui demeurait –, Gil pouvait presque oublier son affection mal placée. Savoir que sa toquade n'était qu'un accident de parcours.

Un petit accident sur une longue ligne régulière.

Sarah était assise à côté d'eux mais allait et venait sans cesse pour voir comment Gil se sentait. Tantôt pour lui apporter une boisson chaude. Tantôt pour passer une couverture moelleuse autour de ses épaules. Presser ses lèvres contre sa joue.

Il était confus, une douleur vrombissante l'accaparait. Mais il se sentait confortable. En sécurité. Tellement chanceux d'être là.

À l'intérieur du château, une version fantôme de lui errait, seule, regardant cette maison remplie et bien éclairée depuis le vide de l'autre. Regardant à travers la vitre, il était divisé en deux. Il se voyait avec la famille autour de lui.

Content d'elle. Presque fier.

Comme pourrait l'être un parent. Il était son propre parent.

Il avait appris à être seul, lorsqu'il marchait. Et c'était toujours bien, de temps à autre. Pour réfléchir. Prendre conscience des choses.

Mais être seul était une boucle fermée. Disons une boucle avec un nœud coulant. La boucle pouvait être petite ou grande, mais elle revenait toujours sur elle-même.

Il fallait défaire ce nœud, finalement. Ouvrir la boucle, et ensuite tout était absorbé. Et tout le monde.

Et alors vous pouviez voir ce qui était vrai – que la séparation avait toujours été une illusion. Un simple tour joué par la chair.

Le monde était en vous après cela. Car après tout, vous n'étiez fait de deux personnes qu'au tout dernier instant.

Avant, vous étiez fait d'une multiplication si vaste qu'elle demeurait insondable. En remontant encore et encore dans le temps. Un arbre dans une forêt d'arbres, où les hommes descendaient des singes et les oiseaux des dinosaures.

Les branches tout au-dessus étaient des cellules isolées. Et même ces cellules n'étaient pas le début, car leur vie venait de l'atmosphère.

L'air. Et la vapeur. En suspension.

C'étaient la peur et la solitude venant par vagues qui, souvent, l'empêchaient de se rappeler cette chose unique. Cette chose unique, la plus grande.

Frustrant : il ne put l'apercevoir que pendant une seconde avant de la perdre de nouveau de vue. De lâcher prise. De la laisser s'éclipser dans le décor imprécis.

Mais il fallait le garder tout près de soi, cet arbre.

Dans le noir, quand rien d'autre n'était sûr, l'arbre qui s'élançait vers le ciel vous abritait. Il était presque la seule chose qu'il fallait voir avant de s'endormir.

Voir que vous ne veniez pas d'un couple, ou de quelques-uns, mais de l'infini.

Ainsi n'aviez-vous pas de début. Et vous ne finiriez jamais.

Dernières parutions

Domaine étranger

Rabih Alameddine
La Réfugiée

Sarah Alderson
Week-end entre filles

M. J. Arlidge
Action ou Vérité

Jo Browning Wroe
Une terrible délicatesse

Jonathan Dee
Sugar Street

Hannah Gadsby
Nanette en dix étapes

Iona Grey
Les Heures étincelantes

Elin Hilderbrand
Été après été

Daphne Palasi Andreades
Les Filles comme nous

Catherine Steadman
Sous l'eau

J. Courtney Sullivan
Les Affinités sélectives

Nancy Tucker
Le Premier Jour du printemps

Rosa Ventrella
Béni soit le père

Meg Waite Clayton
Dernier train pour Londres

Rosie Walsh
L'Amour de ma vie

DOMAINE FRANÇAIS

Catherine Bardon
La Fille de l'ogre

Frédéric Couderc
Hors d'atteinte

Caroline Laurent
Ce que nous désirons le plus

Osvalde Lewat
Les Aquatiques

Marie-Diane Meissirel
Les Accords silencieux

Ivan Nabokov et Philippe Aronson
La Vie, les gens et autres effets secondaires

Grégory Nicolas
Les Fils du pêcheur

Roland Perez
Ma mère, Dieu et Sylvie Vartan

Emmanuel Pierrat et Joseph Vebret
Ernestine ou la Justice

Julie Printzac
Guetter l'aurore

Akli Tadjer
D'audace et de liberté

Pour en savoir plus sur l'actualité des Escales,
vous pouvez consulter notre site Internet
www.lesescales.fr
et nous suivre sur les réseaux sociaux

Editions Les Escales

@LesEscales

@LesEscales

#lisez engagé !
www.lisez.com
Pour plus d'information :
Imprimé sur du papier issu de forêts gérées durablement.

Achevé d'imprimer par
Normandie Roto Impression s.a.s.
N° d'impression : 2206769
Imprimé en France